10,90

Sophie Benning · Kann man Hormone dressieren?

Für alle, die bisher mit mir Küche und Bad geteilt haben und gelegentlich meine morgendlichen Bratkartoffel-Gurkensalat-Exzesse ertragen mussten …

Kann man Hormone dressieren? Und wenn ja, wo kann man das lernen?

Auf dieser Party gestern Abend bei Lena jedenfalls nicht. Da hatte ich eher den Eindruck, dass sich jeder noch etwas Nettes aufreißen wollte, bevor es richtig kalt wurde. Immerhin hatten wir schon Ende Oktober und laut Meteorologen stand uns ein harter Winter ins Haus.

Aber warum machte ich mir jetzt darüber Gedanken? Okay, ich hatte von diesem blöden Typen geträumt, der es sich in den Kopf gesetzt hatte, bei mir zu landen, aber das war nicht der Grund, warum ich aufgewacht war. Es war etwas anderes gewesen. Irgendein ungewöhnliches Geräusch.

In diesem Augenblick öffnete sich meine Zimmertür und Jonas schaute herein.

»Ich glaube, ihr habt ein Problem, Emma!«

Ich rieb mir die Augen und versuchte, die Ziffern auf meinem Wecker zu deuten. 7:19 Uhr. Dafür, dass ich erst gegen vier im Bett gelandet war, eindeutig zu früh. Und für schlechte Nachrichten erst recht.

Ich stellte meinen Blick weiter auf *scharf* und sah Jonas an. Die Frage *Was will der denn hier um diese Zeit?* konnte ich zum Glück sofort mit *Der hat hier übernachtet, weil keine Bahn mehr fuhr* beantworten. Auf die Frage, warum mir der Kopf brummte, hatte ich ebenfalls eine Antwort parat: Lena hatte zum Schluss unbedingt noch mit uns Tequila trinken wollen und so, wie es sich anfühlte, hopste der Inhalt eines dieser Gläschen hinter meinem linken Auge hin und her. Kein gutes Gefühl. Der Tequila war sicherlich auch schuld daran gewesen, dass wir Jonas ganz spontan angeboten hatten, bei uns zu übernachten.

»Wo genau liegt dieses Problem?«, fragte ich mit heiserer Morgenstimme.

»Ich war gerade bei euch im Bad, da ist plötzlich so ein kleines Mädchen hereingekommen.«

Scheiße, das konnte nur die Enkelin von der alten Riemann sein. Diese alte Hexe, für ihre Nachbarn *Frau Dr.* Riemann und außerdem unsere Vermieterin, achtete sehr auf Ordnung und Anstand. Vor allem auf Anstand.

Und da unsere beiden Zimmer, Küche und Bad unter dem Dach direkt vom Treppenhaus zugänglich waren, kam es immer wieder vor, dass sich dieses Gör in unsere sogenannte *Wohnung* verirrte. Und sich in Sachen einmischte, die sie nichts angingen.

»Und dann?« Mühsam setzte ich mich im Bett auf und schielte aus dem Fenster. Grau in grau. Wie passend.

»Als sie mich sah, wollte sie wissen, ob ich ein Mädchen sei«, fuhr Jonas fort und spielte dabei grinsend mit seinen halblangen Haaren. »Ich erzählte ihr natürlich, dass ich ein Junge bin, worauf sie dann auch prompt fragte, ob ich mit Kathy oder Emma zusammen sei, was eure Vermieterin, die plötzlich auf der Treppe auftauchte, mit einem sehr kurzen *Nein* beantwortete. Dann hat sie das Kind weggezerrt, als hätte ich eine ansteckende Krankheit.«

Ich ließ mich wieder aufs Kopfkissen sinken und schloss die Augen. Bei der Erwähnung von Kathys Namen musste ich wieder an die schöne Szene auf der Fete denken, als dieser Möchtegern-Macho versucht hatte, meine Freundin anzubaggern.

»He, wie wäre es mit uns beiden?«, hatte der getönt. »Ich habe im Bett Sachen drauf, da wirst du dich wundern!«

Sie hatte ihn von Kopf bis Fuß gemustert und mitleidig gelächelt. »Weißt du, Herzchen, für solche Sachen bevorzuge ich *Männer*, keine Ersatzteile.«

Ich kicherte, als ich an das dämliche Gesicht von dem Typen zurückdachte. Ja, in dieser Hinsicht konnte ich noch eine Menge von meiner Mitbewohnerin lernen. Was Coolness anging, war ich eine ziemliche Nullnummer.

»Emma?«, fragte Jonas. »Alles in Ordnung bei dir?«

»Keine Sorge, alles im Lot.« Ich setzte mich hin und grinste ihn müde an. »Mit der Riemann werden wir schon irgendwie fertig.«

Vor allem sollten wir uns aber überlegen, was man mit dieser Riemann'schen Enkelin alles anstellen könnte. Vierteilen? Einmauern? Nach Timbuktu verschicken? Ich bin wirklich ein friedlicher Mensch, aber diese kleine Kröte hat es mit einer einzigen saudummen Frage geschafft, dass wir uns wohl eine neue Bleibe suchen müssen. Hundertpro!

Dabei hatten wir nie gedacht, dass diese alte Schnepfe uns tatsächlich mal so lästig werden würde. Nach sechs Wochen Zimmersuche waren wir damals froh gewesen, dass sie uns genommen hatte, und freundlich gelächelt, als sie uns ihre sogenannte Hausordnung mitgeteilt hatte. Natürlich, ohne die Sache auch nur eine einzige Sekunde ernst zu nehmen. Schließlich lebten wir nicht mehr im 18. Jahrhundert!

»Na ja, dann mache ich mich mal auf die Socken«, sagte Jonas leise. »Tut mir wirklich leid, wenn ich euch Ärger bereitet habe …«

»Kannst du ja nichts für«, sagte ich und schwang meine müden Beinen nun doch aus dem Bett. »*Wir* haben dir die Couch ja angeboten und mit dem Rest werden wir auch schon noch klarkommen.« Ich zog mir ein weites Sweatshirt über und schlüpfte in meine Hausschuhe. »Aber eins ist dir natürlich schon klar, oder?«

Jonas sah mich groß an. »Was denn?«

»Dass du uns beim Umzug helfen wirst«, sagte ich. »Und jetzt raus mit dir, du fleischgewordene Gefährdung meiner Tugend!«

Nachdem ich es geschafft hatte, Jonas ungesehen aus dem Haus zu schleusen, setzte ich mich auf mein Bett und sah mich um. Es wäre wirklich kein Verlust, sollten wir hier ausziehen müssen. Wir hatten kaum Platz, waren nie ungestört und außerdem erinnerte mich viel zu viel in diesem Zimmer an Tom.

TOM. Zuerst der Inbegriff für **T**oller **O**scarverdächtiger **M**ärchenprinz. Ich hatte ihn letztes Jahr auf der Wohnungseinweihungsfete bei Felix, Jonas' älterem Bruder, kennengelernt. Als er zur Tür hereinkam, hatte ich das Gefühl, völlig unter Strom zu stehen. Starkstrom versteht sich. Allein schon, wie er sich bewegte: lässig, wie ein muskulöser Panther. Passend dazu schwarze halblange Locken und dunkelbraune Augen, die einen dahinschmelzen ließen. Als er mich dann auch noch anlächelte, war es endgültig um mich geschehen.

Panther, die über einen ausgesprochen guten Geruchssinn verfügen, überraschen ihre Beute. Sie schleichen sich ganz nah an und dann packen sie zu. Genauso ging Tom vor. Er stellte sich direkt neben mich hin und schnupperte. »Wenn mich nicht alles täuscht, benutzt du *Hypnotic Poison*«, sagte er mit tiefer Stimme. »Übrigens eines meiner Lieblingsparfüms …« Dann hob er sein Glas. »Und was führt dich hierher?«

Nachdem ich meine Stimme wiedergefunden hatte, verriet ich ihm, dass ich über Jonas hier gelandet war. Tom erzählte, dass er zusammen mit Felix Abi gemacht hatte und seit einem Semester Kommunikationsdesign studierte. Nun hatten wir immerhin ein Gesprächsthema, denn etwas mit Design wollte ich später auch machen. Ich hatte die Schule nach der 10. Klasse abgebrochen und eine Lehre zur Bürokauffrau gemacht. Nicht, weil ich das Berufsbild so schrecklich spannend fand, es war eher eine Protesthandlung gewesen, als meine Eltern sich trennten. Ich wollte einfach selber Geld verdienen und nicht mehr von ihnen und ihren Macken abhängig sein. Aber dann hatte ich die Aufnahmeprüfung für den Gestaltungszweig der Fachoberschule gemacht und konnte dank meiner abgeschlossenen Lehre direkt in die 12. Klasse und Fachabi machen. Tom erzählte ein bisschen von seinem Studium und fragte dann, ob ich mit den Skripten von seinem Kunstleistungskurs etwas anfangen könnte. Ich sagte sofort Ja, wobei mir die Themen dieser Unterlagen absolut egal waren. Hauptsache, ich hatte einen Grund, diesen Typen wiederzusehen.

Er lud mich gleich für den nächsten Abend zu sich ein, damit ich mir die Sachen mal anschauen konnte, und auch bei diesem Date verhielt er sich wie ein Panther. Oder sagen wir: fast. Panther tragen ihre Beute auf einen Baum, Tom dagegen bevorzugte das Bett. So kam es, dass ich bis auf den heutigen Tag keinen einzigen Blick auf diese Unterlagen geworfen hatte. Und jetzt würde es auch nicht mehr dazu kommen, denn es hatte sich längst *ausgetomt*.

In der ersten Zeit war es wunderbar gewesen. Man konnte sich gut mit ihm über Kunst unterhalten, er war geistreich und im Bett bot er mir etwas anderes als den Kinderkram, den ich zuvor mit meinen Freunden erlebt hatte. Er zog wirklich alle Register. Leider wusste ich nicht, dass er mit Vorliebe mehrhändig spielte und neben mir noch zwei andere Frauen beglückte. Ich strich wehmütig über meine Bettdecke. Auch in diesem Zimmer war es oft zur Sache gegangen. Aber als ich von den anderen Frauen erfuhr, wurde mir klar, dass TOM die Abkürzung für **T**otaler **O**ber **M**acker war, und ich hatte ihm den Laufpass gegeben.

»Egal, Emma«, sagte ich laut. »Das ist längst aus und vorbei. Kümmere dich lieber um die Sache mit der Riemann. Schließlich soll es ein strenger Winter werden und den willst du nicht unter der Brücke verbringen!«

Ich klopfte an Kathys Zimmertür und schaute vorsichtig zu ihr herein.

»Umpflgrgmmpf«, war alles, was sie von sich gab.

Unbeeindruckt von diesem Kommentar setzte ich mich zu ihr

ans Fußende und beobachtete, wie sie da völlig verstrubbelt unter ihrem Simpsons-Bettbezug lag. Mit Katharina Lang war ich seit der Sandkastenzeit befreundet. Sie war 19 und somit ein Jahr jünger als ich, trat nach außen meist recht tough auf und ging, wie sie selber gerne behauptete, lösungsorientiert durchs Leben. Dabei hatte sie trotz alledem einen Hang zur Romantik und glaubte fest an die große Liebe. Das tat ich übrigens genauso, auch wenn sich zurzeit kein ernst zu nehmender Anwärter für diesen Titel in meinem Dunstkreis aufhielt. Ich beobachtete sie weiter und musste feststellen, dass sie sogar in diesem Zustand hinreißend aussah: pfiffig kurz geschnittenes, naturblondes Haar, wohlgeformte Beine bis unter die Achseln, große grünblaue Augen und – ach, lassen wir das lieber. Meine Eltern haben mich eher als Dutzendmodell abgeliefert: mit einem Durchschnittsgesicht, umrahmt von halblangen braunen Locken, die sich nur selten bändigen ließen, und einer Figur, die mir jede Menge Probleme machte. Ich musste nur an das Wort *Schokolade* denken, schon hatte ich ein paar Pfund mehr auf den Hüften. Das Leben war ungerecht. Immerhin sagte man mir, dass ich schöne dunkelbraune Augen hatte, und daran hielt ich mich einfach mal fest. Schließlich sollte es auch Männer geben, die auf so was abfahren, oder?

»Was ist denn?«, fragte eine Stimme auf Höhe von Homer Simpson. »Ich hoffe, es ist wichtig!«

»Wie man es nimmt«, sagte ich so locker wie möglich. »Die Riemann hat Jonas vorhin im Bad erwischt und daher wird uns diesmal wohl die Kündigung ins Haus stehen. Beim letzten Vorfall dieser Art hat sie schon damit gedroht, falls du dich erinnern kannst.«

»Glaube ich nicht«, brummte meine beste Freundin. »Das hat sie auch immer gesagt, wenn sie Tom im Haus erwischt hat. Wetten, dass sie wieder nichts unternimmt?«

»Wetten, dass der Papst morgen heiratet?«, sagte ich gerade zu

Vater Simpson, als ich hörte, wie jemand wütend stampfend die Treppe hochkam.

»Fräulein Lang? Fräulein Schubert? Könnte ich Sie beide wohl für einen Moment sprechen?« Die ätzende Stimme unserer Vermieterin schaffte das, was ich nicht fertiggebracht hatte: Kathy saß sofort senkrecht.

»Ach du Scheiße«, war ihr erster Kommentar.

»Selber guten Morgen«, sagte ich und ging zur Zimmertür. »Was gibt's denn, Frau Riemann?«

»Ich glaube nicht, dass ich Ihnen das noch groß erklären muss«, schnarrte Frau Dr. und baute sich vor Kathys Zimmertür auf. »Vielleicht könnten Sie mich mal eben reinlassen?«

»Oh, das ist gerade ganz schlecht«, begann ich. »Fräulein Lang liegt noch im Bett!«

»Es würde mich aber mal interessieren, mit wem!«, keifte die Riemann und schaute über meine Schulter ins Zimmer. »Mmh! Na ja ...« Sie stemmte beide Hände in die Seiten und funkelte mich wütend an. »Sie haben exakt drei Wochen Zeit, Ihre Zimmer zu räumen. Ich lasse es nicht länger zu, dass Sie beide sich so über die von mir aufgestellten Hausgebote hinwegsetzen. Habe ich mich klar ausgedrückt?«

Als wir uns eine halbe Stunde später auf den Weg ins *Café Böhnchen* machten, stand unsere Noch-Vermieterin unten an der Treppe.

»Sodom und Gomorrha«, zischte sie verächtlich.

»Nix Sodom und Gomorrha.« Kathy lächelte sie zuckersüß an. »Erstens war es nur einer und außerdem hieß er Jonas.« Sie stellte sich der Riemann gegenüber und stemmte beide Hände in die Seite. »Und das Einzige, was in diesem Haus wirklich daneben ist, ist Ihre Fantasie. Wenn Sie glauben, dass wir über jedes Mitglied des männlichen Geschlechtes herfallen, müssen wir Sie enttäuschen.«

In diesem Moment hörten wir die krächzende, heisere Stimme von Herrn Riemann.

»Hilde? Hilde? Wo bleibst du denn schon wieder?«

»Denn im Gegensatz zu Ihnen …« Kathy lehnte sich noch etwas weiter zu ihr vor und zeigte mit dem rechten Zeigefinger auf ihren mageren Busen. »Im Gegensatz zu Ihnen haben wir etwas, das es wohl früher nicht gab: Wir haben die freie Wahl! Sie mussten nehmen, was kam, und haben jetzt Ihren Horst. Wir hingegen schauen uns das Angebot etwas genauer an. Was aber nicht heißt, dass wir auch alle *testen*!«

Wie soll man Ruhe bewahren, wenn sie nicht vorhanden ist?

Im Gegensatz zu mir war unsere Freundin Anne-Sophie Frank, von Freunden Anso genannt, die Ruhe und Gelassenheit in Person. Das hat die Natur nicht umsonst so eingerichtet, denn ohne diese zwei Eigenschaften wäre sie sicher längst in der Klapsmühle gelandet.

Allein schon ihre Familie: Vater und Mutter Frank führten in dritter Generation ein Fachgeschäft für Stimmungsartikel und Karnevalszubehör. Der Laden lag mitten in der Fußgängerzone und hieß *Die fünfte Jahreszeit*. Genauso ging es in der Regel im Hause Frank zu. Wahrscheinlich hatten sie Ansos Wiege schon mit Luftschlangen und bunten Fähnchen dekoriert.

Daher war bestimmt niemand überrascht gewesen, als sie ihren Eltern mitteilte, dass sie eine Ausbildung zur Eventmanagerin machen wollte.

Anso, 21, eine Hübsche mit langen roten Haaren und Sommersprossen, war uns bei einem abgefahrenen Künstlerhappening, das ihre Eventagentur auf die Beine gestellt hatte, buchstäblich in die Arme gefallen. Ihre Rolle bei dem Ganzen hatte darin bestanden, einen hohen Turm mit Plastikeimern vor sich herzubalancieren, und vor lauter Konzentration übersah sie uns dabei. Das war vor zwei Jahren gewesen und seitdem waren wir dick befreundet.

Es war mir nach wie vor ein Rätsel, wo sie neben ihrer stressigen Ausbildung auch noch die Power hernahm, sonntagmorgens bei ihrem Bruder Florian im *Café Böhnchen* zu jobben. Okay, zwar nicht jeden Sonntag, aber trotzdem …

»Was ist denn mit euch los?«, fragte sie und sah übertrieben auf ihre Armbanduhr. »Senile Bettflucht?«

»Die Riemann hat sie«, brummte ich und erzählte, wie unser Tag losgegangen war.

»Das ist ja großartig!«, rief Anso und ließ sich begeistert neben mich auf das dunkelgrüne Samtsofa fallen. »Wann müsst ihr draußen sein?«

»Süße, ich weiß nicht, ob du was an den Ohren hast«, sagte Kathy genervt. »Wir haben nicht im Lotto gewonnen, sondern stehen bald auf der Straße.«

»Eben!« Anso war gar nicht mehr zu bremsen. »Und wenn ich euch jetzt erzähle, was ich gestern Abend für ein super Angebot bekommen habe, dann werdet ihr der Riemann noch die Füße küssen, das schwör ich!«

»Hat die Geschichte Zeit, bis ich eine extrastarke Latte macchiato vor mir stehen habe?«, fragte ich müde. Irgendwie war mir das alles für diese Uhrzeit zu viel.

»Haben wir gleich!« Anso beugte sich über den Tisch zu uns vor. »Max hat mir gestern erzählt, dass bei ihm im Haus, ihr wisst schon, in diesem wunderschönen Altbau, ab sofort eine große Wohnung frei wird. Fünf Zimmer, großes Bad, schöner Hinterhof und Dachterrasse für alle Parteien. Na? Was sagt ihr da?«

»Klingt gut«, musste ich zugeben. »Es sei denn, das Bad ist für alle Parteien. Aber das mit der Latte war ernst gemeint!«

»Bin schon unterwegs«, sagte Anso munter.

Nachdem wir eine Weile vor uns hingeschwiegen hatten, sah ich zu Kathy hinüber. »Und? Was meinst du?«

»Klingt wirklich gut«, sagte sie. »Aber zu dritt werden wir die Wohnung wohl kaum bezahlen können.«

»So!« Unsere Freundin stellte uns zwei dampfende Gläser vor die Nase und plumpste wieder zu mir aufs Sofa. »Wart ihr schon mal bei Max in der WG?«

Wir schüttelten den Kopf.

»Der absolute Wahnsinn«, berichtete Anso. »Gleich drüben in der Friedrichstraße. Tolles Haus, nette Bewohner und absolut zentral!«

»Anso, das können wir uns doch niemals leisten«, begann Kathy. »Ich bin weit entfernt davon, mit meinem Zeitungsvolontariat reich zu werden, bei deiner Ausbildung ist es nicht anders und Emma geht wieder zur Schule!«

»Aber anschauen kostet nichts!« Anso konnte unglaublich stur sein, wenn sie von etwas überzeugt war. »Und wenn es fünf Zimmer sind, können wir noch zwei Leute mit reinnehmen!« Sie warf sich die langen Haare über die Schultern, lehnte sich zurück und sah uns erwartungsvoll an.

»Und an wen denkst du da?«, fragte ich, während ich schluckweise versuchte, meine Müdigkeit zu verdrängen.

»Da muss man sich einfach gezielt umhören«, sagte sie. »Meine Oma sagte immer: Wenn du einen Esel brauchst, musst du es nur jedem sagen. Dann steht er eines Tages vor der Tür!«

»Ich will aber nicht mit einem Esel zusammenziehen«, sagte Kathy bockig.

Jetzt war Anso an der Reihe, genervt zu schauen. »Sei doch nicht so negativ«, brummte sie. »Wir schauen uns die Sache an und ich bin mir sicher, dass uns noch jede Menge Leute einfallen, mit denen wir immer schon zusammenwohnen wollten.« Sie griff nach ihrem Handy. »Also, was ist? Soll ich was ausmachen?«

»Meinetwegen«, sagte ich. »Aber denk dran: Es ist erst neun. Ich kann mir nicht vorstellen, dass du dich besonders beliebt machst, wenn du diesen Max jetzt aus dem Bett wirfst ...«

Ein langes Frühstück und viele Latte macchiato später machten wir uns auf den Weg in die Friedrichstraße. Ich musste zugeben, dass es mir schon sehr gut gefallen würde, hier zu wohnen. Die

Gegend, in der wir jetzt hausten, konnte man als gutbürgerlich bezeichnen: lauter Ein- und Mehrfamilienhäuser von anständigen Leuten, die es zu etwas gebracht hatten. Oder jedenfalls dieser Meinung waren. Hier war es zwar nicht so grün, aber dafür um einiges gemütlicher. Und auch die Mischung der Geschäfte gefiel mir: Es gab eine Apotheke, eine größere Buchhandlung, ein kleines italienisches Restaurant, einen Bäcker, eine gemütlich aussehende Kneipe namens *Fritzi 34*, ein Fahrradgeschäft und direkt neben der Metzgerei vertickte ein Esoterikladen Räucherstäbchen, Amulette und energiespendende Zimmerbrunnen.

Etwa in der Mitte der Straße blieb Anso stehen. »Hier müsste es sein.«

Die Nummer 54 war, wie die meisten anderen Häuser in der Straße, ein Sandsteingebäude, das seine besten Jahre zwar hinter sich hatte, aber immer noch einen gediegenen Eindruck machte. Um zu der großen wuchtigen Haustür zu gelangen, musste man drei Stufen bewältigen, hatte aber auch die Möglichkeit, über eine kleine Holzrampe hinaufzugelangen. Als ich das alte Emailleschild neben der Tür sah, war mir auch klar, warum man die Rampe angebracht hatte. *Dr. Heinrich Hahn. Praktischer Arzt*, war dort zu lesen.

In der Tat praktisch. Wenn wir mal krank waren, mussten wir nur die Treppe runtergehen.

Anso sah uns an. »Seid ihr bereit?«, fragte sie. Wir nickten und sie drückte eine der oberen Klingeln, auf deren Schild drei Namen gekritzelt waren.

Ich spürte, wie das Frühstück in meinem Magen randalierte. Warum hatte ich Idiot vorhin unbedingt Rührei mit Speck bestellen müssen?

Der Türsummer ging und wir betraten ein geräumiges Treppenhaus, dessen Boden mit alten Kacheln gefliest war. Hinten, an der Tür zum Innenhof, standen ein paar Fahrräder und davor hatte jemand sein rotes Bobbycar geparkt. Es roch leicht nach Arznei und Desinfektionsmitteln.

»Wenn die Riemann so was im Treppenhaus vorfinden würde, könnten wir sie gleich in der Praxis ablegen«, kicherte Kathy, während wir eine breite Holztreppe hinaufgingen.

»Hat was, oder?« Anso sah uns an, als wäre sie die Hausherrin persönlich.

Ja, das Haus hatte was. Einerseits wirkte es richtig gediegen, andererseits strahlte es aber auch etwas Gemütliches, Heimeliges aus. Und dabei hatte ich noch nicht viel gesehen.

Als wir den ersten Stock erreichten, änderte sich der Geruch im Treppenhaus. Hier roch es nun eindeutig nach Knoblauch und Tomatensoße und es kam uns jemand von oben mit großen Sprüngen entgegen. Ein langer, schlaksiger Typ mit Drahtbrille und raspelkurzen Haaren.

»Hi, ich bin Max. Ich hole mal schnell den Schlüssel bei den Orlandis.« Er steuerte auf die linke Haustür zu, klopfte und klingelte.

»Sì?«

Aha, daher die Düfte.

»Francesca, ich bin's, Max! Ich komme wegen dem Schlüssel.« Er grinste uns an. »Sie ist hier für alles Wichtige zuständig. Und überhaupt, sie ist die *Mamma* von uns allen …«

In diesem Moment wurde die Tür aufgerissen und eine weiß beschürzte Frau, schätzungsweise Mitte vierzig, schaute uns an. »Welche Schlüssel willste du wofür haben?«

»Die vom zweiten Stock links«, sagte Max und zeigte auf uns. »Ich habe diesen jungen Damen von der leer stehenden Wohnung oben erzählt und sie würden sich die gerne mal ansehen.«

Nun wurden wir von *Mamma* von Kopf bis Fuß gescannt. »Drei Signorinas in solche große Wohnung?«, fragte sie skeptisch, während sie sich mit der rechten Hand ein paar verschwitzte Haarsträhnen hinter das Ohr strich.

»Nein, wenn, dann wollen wir zu fünft einziehen«, sagte Anso gleich. »Max hat uns aber schon so vorgeschwärmt, dass wir sie uns gleich ansehen wollten.«

Frau Orlandi nickte. »Bitte sehr«, und sie gab Max einen Schlüssel. »Wie lange werdet ihr brauchen?«

»Vielleicht so eine Viertelstunde, zwanzig Minuten«, schätzte ich.

»Bene!« Mama nickte. »Seid pünktlich, Mädchen. Es gibt Lasagne.«

»Wie, es gibt Lasagne?«, fragte Kathy, als wir nach oben gingen. »War das eine Einladung zum Essen?«

Max schüttelte lachend den Kopf. »Das war keine Einladung, das war ein Befehl. Und ein eindeutiges Zeichen dafür, dass *Mamma* euch kennenlernen möchte. Abgesehen davon hat sie wahrscheinlich wieder viel zu viel gekocht. Ihre Kinder Lucia und Roberto sind vor nicht allzu langer Zeit ausgezogen und sie hat sich noch nicht so recht an die neuen Essensmengen gewöhnt.« Er reckte den Daumen hoch. »Aber keine Bange. Sie managt dieses kleine italienische Restaurant am Ende der Straße und kocht spitzenmäßig.«

Im zweiten Stockwerk gab es zwei Wohnungstüren. Vor der rechten lag ein Schuhberg, in dem alles von der Gummilatsche bis zum Bergschuh vertreten war. Die Art und Größe der Schuhe ließ die Vermutung zu, dass es sich bei den drei Namen an der Klingel ausschließlich um Angehörige des männlichen Geschlechts handelte.

Vor der linken Tür lag gar nichts. Nicht mal ein Fußabstreifer. Max steckte den Schlüssel ins Schloss. »Nun? Seid ihr bereit?«, fragte er.

Als wir nickten, drückte er die Tür mit Schwung auf und machte eine feierliche Handbewegung. »Voilà, meine Damen! Eine der schönsten Wohnungen der Stadt wartet auf Sie!«

Hintereinander betraten wir den riesigen Flur und staunten nicht schlecht. Die Wohnung war der absolute Wahnsinn: Sie war hell, hatte große Fenster und Parkettboden in allen Räumen. Es war sogar eine Einbauküche vorhanden.

»Schaut mal! Wenn wir die Flügeltüren zwischen den Räumen aufmachen, können wir Fressorgien an meterlangen Tafeln abhalten!«, rief Kathy aufgeregt. »Super!«

Max räusperte sich. »Ich muss die anwesenden Damen allerdings darauf hinweisen, dass die Mieterinnen dieser Wohnung laut Mietvertrag, §349, Absatz 27a, verpflichtet sind, in Fällen einer ebengenannten Fressorgie, jedoch auch bei Orgien anderer Art, die reizenden jungen Herren, welche ihr einsames Dasein in der Nachbarwohnung fristen, stets einzuladen.«

»Studierst Jura, was?«, fragte ich, während ich mir vorstellte, wie traumhaft es sein musste, bei romantischer Hintergrundmusik in dieser Badewanne zu liegen und dabei in die Bäume im Hinterhof zu blicken. Kein Vergleich mit dem armseligen, kalten Badezimmerchen bei der Riemann.

»Nö, offiziell mache ich Philosophie«, sagte Max.

»Und inoffiziell?«

»Fahre ich Taxi«, sagte Max. »Wenn meine Eltern das wüssten, würden sie auf der Stelle tot in die Familiengruft der von Krenzlins fallen. Nachdem sie mich enterbt hätten, versteht sich.«

»Na, bist du jetzt überzeugt?«, unterbrach Anso unser Gespräch. Sie strahlte, als hätte man sie an die Steckdose angeschlossen. »Ist das nicht der absolute Oberwahnsinn?«

»Vorsicht«, sagte Max. »Es ist hier nicht alles Gold, was glänzt.« Er zeigte auf einen Kasten an der Badezimmerwand. »Es passiert zum Beispiel immer wieder, dass das Warmwasser gerade dann aufhört, wenn man eingeseift unter der Dusche steht, und dann muss erst einer runter in den Keller und die Sicherung wieder reindrehen. Es heißt, dass sich demnächst ein Hausmeisterservice um diesen Kram kümmern wird, aber das glaube ich erst, wenn ich's sehe...«

»Damit habe ich keine Probleme«, sagte Kathy gelassen. »Ich

kenne mich mit solchen Sachen ganz gut aus. Ich habe mit meinen Eltern jahrelang in einem maroden Altbau gewohnt.«

Da das bei mir nicht der Fall gewesen war, wollte ich schon gerne wissen, welche Tücken die Wohnung sonst noch so aufwies.

»Die Wände«, sagte Max mit unheilvoller Stimme. »Wenn die das Wort *Dübel* nur hören, fangen sie schon an zu bröseln. Also immer schön dran denken: nur so viel bohren wie nötig und immer den allerkleinsten Bohrer nehmen. Das Loch wird sowieso größer als erwünscht.« Er grinste. »Bei uns drüben haben wir alle Dübel am Ende mit riesigen Mengen Spachtelmasse fixiert.«

»Na, damit werden wir auch noch fertig werden. Jetzt müssen wir nur noch zwei weitere Mieter finden«, sagte ich. »Hast du eine Ahnung, wie teuer diese Luxusbude ist?«

»Ich glaube, einsfünf plus Nebenkosten«, sagte Max.

Kathy rechnete blitzschnell. »Geht doch!«, rief sie. »Das wären nur dreihundert Euronen pro Nase!«

»*Nur* ist was anderes«, gab ich zu bedenken. »Aber du hast recht, wir könnten es schaffen!« Und ich beschloss, mich sofort um einen Job zu kümmern.

»Ich wüsste sogar noch einen Mitmieter für euch«, sagte Max. »Unser Freund Phillip braucht dringend eine neue Bleibe.«

»Sorry, aber wir hatten an eine Mädel-WG gedacht«, sagte ich. »War doch so, oder?«

Kathy und Anso nickten.

»Phillip ist schwul«, versuchte Max es noch einmal.

»Deshalb wird noch lange keine Frau aus ihm«, sagte Kathy entschieden. »Dafür kannst du uns bestimmt verraten, bei wem wir vorsprechen müssen, wenn wir die Wohnung hier wollen, oder?«

Kurz darauf saßen wir drei genau dort: bei der Familie Orlandi am Mittagstisch. Nachdem Mutter Orlandi noch eine Weile zwischen Küche und Esszimmer hin und her geflitzt war und sich mindestens zwanzigmal entschuldigt hatte, dass es heute nur ein *kleines Mittagessen* gäbe, stellte sie eine riesige Lasagneform auf den ovalen Tisch, an dem wir bereits mit ihrer Schwiegermutter, der *Nonna*, saßen.

»Bene. Jetzt wir essen erst mal, dann wir machen Offizielles«, entschied Francesca, während sie jeder von uns eine große Portion auf den Teller schaufelte. »Erzählte doch mal von euch und was ihr so alle machte!«

Nonna, eine stattliche Frau Ende sechzig, nickte. »Gute Idee!«

»Ich bin 21 und mache eine Lehre als Eventmanagerin«, erzählte Anso, während sie kräftig zulangte. Anscheinend hatte sie sich heute Nacht vernünftiger verhalten als ich.

Nonna zog ihre Brauen hoch und sah Anso über den Goldrand ihrer Brille an. »Und was musste du da alles machen?«

»Was gerade so ansteht«, sagte Anso und fuchtelte wild mit ihrer Gabel herum. »Mal Hotels buchen, mal das Catering für eine Veranstaltung organisieren, mal bin ich für den reibungslosen Ablauf eines großen Dinners zuständig und oft telefoniere ich auch stundenlang. Eigentlich bin ich der Depp für alles.«

»Aha!« Mutter Orlandi sah Anso an, als wäre sie froh, etwas anderes gelernt zu haben.

»Ich mache ein Volontariat bei der Zeitung«, sagte Kathy und legte eine Essenspause ein. Es war mir klar, dass sich auch bei ihr die Party noch magentechnisch auswirkte. »Ich darf jetzt seit einigen Wochen auch eigene Artikel für die Zeitung schreiben und das gefällt mir sehr gut.« Sie stocherte in ihrer Lasagne herum. »Das heißt, wenn man nicht gerade über die Jahresversammlung beim Kaninchenzüchterverein berichten muss.«

»Ah, coniglio!«, rief Nonna begeistert. Anscheinend hatte sie das Wort an eine Bestellung erinnert, denn es folgte ein Schwall Italienisch, bei dem ich mir ziemlich sicher war, dass es um Kaninchen in Ragoutform ging und nicht um kleine süße Puschelöhrchen.

Mutter Orlandi nickte. »Und die dritte Signorina?« Sie nahm sich bereits die dritte Portion und sah mich erwartungsvoll an.

»Ich gehe wieder zur Schule«, sagte ich und betete, dass es niemandem weiter auffiel, dass ich fast nichts aß. Frühstück und Kater lagen mir quer im Magen. »Vorher habe ich eine Lehre als Bürokauffrau gemacht, aber das wollte ich nicht mein Leben lang machen.« Die Auseinandersetzungen mit meinen Eltern ließ ich lieber außen vor. »Ich gehe in die Zwölfte der Fachoberschule und mache dort den Gestaltungszweig.«

»Gestaltung?« Nonna konnte sich darunter nichts vorstellen.

»Da hat man Kunst und Zeichnen als Hauptfächer«, erklärte ich. »Ich möchte später vielleicht mal in die Werbung gehen.«

»Ah!« Jetzt war ihr alles klar. »Dann kannste du Werbung machen für unsere Ristorante!« Sie strahlte mich regelrecht an.

»Später. Jetzte sie braucht eine Cynar«, entschied ihre Schwiegertochter und stellte mir ein Gläschen mit dunkler Flüssigkeit vor die Nase. »Iste Artischocke«, sagte sie. »Iste gut, wenn man gefeiert hat. Danach du biste wie neu!«

Konnte sie etwa hellsehen? Oder sah ich am Ende so erbärmlich aus, wie ich mich fühlte? Egal, ich nahm das Glas, schluckte den Inhalt auf einmal hinunter … und spuckte ihn fast auf der Stelle wieder aus.

»Iste beste Medizin«, sagte Mutter Francesca, während sie mir auf den Rücken klopfte. »Wirkte Wunder!«

Sie sah nun auch Kathy durchdringend an, aber die winkte sofort ab. »Nein, danke, es geht mir gut!«, sagte sie fröhlich und nahm, um dies zu unterstreichen, eine große Gabel Lasagne.

Das Wunder stellte sich zwar nicht sofort ein, aber Tatsache war: Nach einigen Minuten fühlte sich mein Magen so an, als hätte er nichts gegen das Mittagessen auf meinem Teller einzuwenden. Den Namen dieser Kräuterbrühe sollte ich mir merken.

Wir waren gerade mit dem Essen fertig, als die Küchentür aufgerissen wurde und ein verpennt aussehender Typ in meinem Alter hereinkam. Seine schwarzen Locken standen nach allen Seiten und er hatte sein Sweatshirt falsch herum angezogen. Apart, wenn man auf Schlamperlook stand.

»Scusi, Mamma«, sagte er und drückte Francesca einen Schmatz auf die Wange. »Ich habe verschlafen.« Er setzte sich und glotzte uns an. »Oh, hallo …«

»Sinte neue Mieter für den zweite Stock«, informierte ihn seine Mutter. »Sinte nicht wegen dir hier, Roberto!«

»Ihr zieht hier ein?«, fragte er. Seine Lebensgeister meldeten sich scheinbar zum Dienst zurück und er musterte uns ausführlich.

»Iste noch nicht ganz sicher«, bremste Francesca. »Kann aber sein. Ich muss mit Herrn Vogel reden.«

»Der vertraut dir doch blind«, brummte Roberto, während er sich die restliche Lasagne auf den Teller häufte. »Wenn du sagst, dass die Mädchen hier einziehen sollen, ist die Sache gebongt!«

Das war schon mal eine gute Nachricht. Mussten wir nur noch herausfinden, ob *Mamma* auch wirklich willig war, eine solche Empfehlung abzugeben. Zum Glück spannte sie uns nicht allzu lange auf die Folter.

»Ich kann mir vorstellen, ihr passte in dieses Haus«, begann sie und sah uns dabei forschend an. »Ich sage Herrn Vogel, wir machen Mietvertrag für drei, und dann sehen wir weiter, bene?«

Das war sogar *oberbene*!

»Sollen wir Max noch eben Bescheid sagen?«, fragte ich, als die Familie Orlandi uns endlich entlassen hatte. »Immerhin hat er uns ja die Sache vermittelt.«

Meine Freundinnen nickten.

»Am liebsten würde ich sofort anfangen zu packen«, seufzte Kathy, während sie auf den Klingelknopf der rechten Wohnung drückte. »Kinder, wird das schön!«

Die Tür vor uns öffnete sich und ein Typ mit blonden Locken sah uns fragend an.

»Wir wollten zu Max«, sagte Anso. »Ist der noch da?«

»Ja-ha!«, rief eine Stimme aus der Wohnung. »Kommt einfach rein!«

»Nach hinten durch und dann links.« Max' Mitbewohner, der aussah, als wäre er erst vorgestern bei seiner Mutti ausgezogen, trat einen Schritt zurück und wir gingen im Gänsemarsch durch den vollgestellten Flur.

»Na, wie ist es gelaufen?«, fragte Max. Er hing gleichzeitig auf zwei Küchenstühlen und hatte die Samstagszeitung auf dem ganzen Tisch verteilt. »Habt ihr einen guten Eindruck auf Francesca gemacht?«

»Sieht ganz so aus«, sagte Anso. »Morgen telefoniert sie mit diesem Herrn Vogel, und wenn der einverstanden ist, will sie mit uns den Mietvertrag machen.«

»Gibt es denn auch noch einen Papa Orlandi oder sind Mama und Nonna Orlandi ganz allein?« Diese Frage beschäftigte mich seit dem Essen, aber ich hatte mich vorhin nicht getraut zu fragen. Man wusste schließlich nie, welche heiklen Zusammenhänge es in Familien gab.

»Vater Orlandi ist vor einigen Jahren bei einem Unfall ums Leben gekommen«, klärte Max uns auf. »Seitdem schmeißen Francesca und Nonna das Restaurant zu zweit. Und wenn's mal richtig heiß hergeht, bei großen Gesellschaften oder an bestimmten Feiertagen, kommen Robert oder Lucia angereist, um den beiden zu helfen.«

»Ich sehe, wir haben schon am frühen Morgen Besuch!« Ein großer dunkelhaariger Typ lehnte in der Küchentür und ich hörte, wie Anso leise pfiff. Zu recht, denn dieser neue Nachbar sah aus wie der Bruder von Orlando Bloom. Er kam in die Küche und streckte mir die Hand entgegen. »Hallo, ich bin Christian«, sagte er.

»Hi«, sagte ich. »Emma!« Gütiger Gott! Erst zu wenig Schlaf, dann die Aufregung mit der Wohnung und der Familie Orlandi und jetzt auch noch diese Augenweide – der heutige Sonntag hatte es wirklich in sich …

Als wir uns alle vorgestellt hatten, klatschte Max in die Hände. »Bevor wir hier jetzt alle noch lange dumm herumstehen, schlage ich vor, dass wir dieses freudige Ereignis einfach schon mal mit einem kleinen Rest Prosecco begießen. Was meint ihr?« Ohne eine Antwort abzuwarten, ging er zum Kühlschrank und nahm eine Flasche heraus.

»Aber es ist alles noch gar nicht sicher«, protestierte Kathy, die bei solchen Sachen sehr abergläubisch sein konnte. »Sollten wir damit nicht lieber warten, bis alles in trockenen Tüchern ist?«

»Feiern kann man gar nicht genug«, sagte Christian bestimmt und stellte Gläser auf den Tisch. »Wann zieht ihr ein?«

»Innerhalb der nächsten drei Wochen müssen wir aus unseren Zimmern draußen sein«, sagte ich und erzählte ihm die ganze Story.

Mister Bloom lachte schallend. »So eine Schreckschraube wie eure Vermieterin fehlt uns hier noch im Haus, aber sonst haben wir auch so manch Kurioses zu bieten.« Er lehnte sich in den Flur. »Jürgen! Es gibt was zu trinken!«

Kurz darauf stand der blonde Lockenkopf von vorhin in der Küche und sah uns verwirrt an. »Was ist denn?«

»Eine kleine Vorfeier für unsere neuen Nachbarinnen«, sagte Max und wollte ihm ein Glas in die Hand drücken.

»Alkohol?« Jürgen sah Max an, als hätte dieser ihm eine Nitroverdünnung angeboten. »Nein, danke«, murmelte er dann. »Trotz alledem: herzlich willkommen hier im Haus. Ihr entschuldigt mich?« Und weg war er wieder.

»Ein Gesundheitsapostel?« Ich sah Max und Christian fragend an.

»Jürgen ist vollkommen bio und auch sonst nicht einfach«, sagte Max, während wir miteinander anstießen. »Vor allem hat er schreckliche Angst, krank zu werden, und meidet alles, wovon er meint, es könne ihm schaden.«

»Und er ist der schlimmste Google-Hypochonder, den ich kenne«, ergänzte Christian.

»Hä?« Der Begriff war mir neu.

»Google-Hypochonder sind Leute, die sich ihre Krankheiten nicht auf der Straße, sondern im Internet holen«, erklärte Max. »Wenn Jürgen irgendein Wehwehchen hat, schaut er sofort im Internet nach, und nachdem er alle Symptome durchgegoogelt hat, ist er sich sicher, dass er zum Beispiel eine Gehirnhautentzündung hat.«

»Oder einen Tumor an der Wirbelsäule«, fügte Christian hinzu. »Er hat fast Depressionen gekriegt, als die Praxis von Dr. Hahn aus der Wohnung, die ihr euch gerade angeschaut habt, nach unten gezogen ist. Wahrscheinlich aus Angst, dass er es jetzt im Ernstfall nicht mehr rechtzeitig schafft.«

»Außerdem studiert Jürgen Psychologie und weiß immer und sofort, welche seelischen Auslöser hinter deinen Problemen stecken«, ergänzte Max.

»Wie schrecklich«, fand Kathy.

»Och, er ist ein netter Kerl«, sagte Christian. »Man muss nur wissen, wie man mit ihm umgehen muss.« Er beugte sich zu uns vor. »Und? Was macht ihr so im täglichen Leben?«

Zum zweiten Mal an diesem Tag erzählten wir, was wer wo anstellte, und Christian nickte. »Das klingt nach einer netten Mischung.«

»Und du?« Anso konnte kaum ihre Augen von Orlandos Doppelgänger lösen.

»Ich quäle Schüler mit Bio und Sport beziehungsweise ich übe das erst.« Christian grinste sie an. »Ich bin Referendar.«

Anso nickte und starrte ihn wie hypnotisiert an. »Toll …«

Ich trat ihr unter dem Tisch gegen das Schienbein. Ohne Erfolg. »Du hast vorhin erwähnt, dass es noch andere kuriose Menschen hier im Haus gibt«, wechselte ich daher eilig das Thema. »Was habt ihr denn sonst noch zu bieten?«

»Damit habe ich die *Nonna* gemeint«, sagte Max.

»Von wegen, die war beim Essen ganz normal«, sagte ich. »Und der Sohnemann tauchte auch noch verspätet auf.«

»Was ist denn an dieser *Nonna* kurios?« Anso wollte es immer gerne genau wissen.

»Sie legt einem immer gerne die Tarotkarten und kennt sich außerdem mit Horoskopen aus«, sagte Max.

»So ein Quatsch«, sagte Kathy und trank ihr Glas leer. »Davon halte ich nichts.«

»Sag das lieber nie laut, sonst verhext sie dich auf der Stelle!« Christian sah auf seine Armbanduhr. »So, Leute, ich muss jetzt los. Viel Spaß beim Kistenpacken und alles andere demnächst hier in diesem Hause!« Er winkte in die Runde und ging mit großen Schritten hinaus.

Anso seufzte.

»Streich ihn dir gleich aus dem Kopf, Anso.« Max sah sie ernst an. »Er ist ein wirklich guter Kumpel, aber er weiß, wie gut er aussieht. Und er legt die Frauen zuerst flach und macht sie dann unglücklich. Glaube mir …«

Warum gibt es immer mehr Fragen als Antworten?

Warum war die Bedienungsstelle im Theatercafé fünf Minuten vor meinem Anruf vergeben worden? Und warum war die Schule ausgerechnet jetzt so lästig? Ich hatte wirklich keinen Nerv, mich um Hausaufgaben und diesen ganzen Kram zu kümmern. Null!

»Kannst du mir erklären, warum ich ausgerechnet jetzt Mathe lernen muss?«, fragte ich Kathy. »Wo schon alles voller leerer Bananenkartons steht und ich viel lieber packen und auf der Stelle umziehen möchte?!«

»Weil wir den Mietvertrag noch nicht in der Tasche haben und du dein Fachabi schaffen solltest«, sagte meine Freundin. »Oder willst du wieder einen auf Bürokauffrau machen?«

Das war zwar eine Antwort, aber keine, die mir gefiel. Im Augenblick war mir alles lieber als Kurvendiskussionen und Stochastik. Dabei hatte ich die Sache mit den Kurven ganz gut kapiert. Aber ich hatte eben keine Lust. KEINE LUST. Und davon jede Menge.

»Hast du dir schon mal überlegt, wie wir noch zwei Mitbewohnerinnen organisieren könnten?«, fragte ich, um das Thema zu wechseln. »Ich habe mich mal so in meiner Klasse umgesehen, aber ich wüsste nicht, wer da infrage käme. Und bei den früheren Kolleginnen sieht es auch duster aus.«

»Ein Redakteur hat mir den Tipp gegeben, mal im Internet auf einer Seite für Studenten-WGs reinzugucken«, sagte sie, während sie mit einem Rotstift in einem Artikel herumstrich. »Da kann man umsonst Anzeigen reinsetzen und außerdem nachsehen, ob Leute hier in der Stadt was suchen.«

»Schön und gut.« Ich ließ mich auf ihr Bett fallen. »Aber wie könnten wir da so eine Art Hürde einbauen? Damit wir die Bewerber gezielt zu einem Gespräch einladen können, verstehst du? Stell dir vor, es stehen plötzlich dreißig Idioten bei uns im Flur. Dann kommen wir uns vor wie beim Casting von DSDS!«

»Mmh.« Kathys Rotstift machte Überstunden.

»Und wenn du so weitermachst, kannst du den Artikel besser gleich noch mal neu schreiben!«

»Danke für den Tipp!«, war alles, was sie dazu zu sagen hatte.

»Soll ich mir mal Gedanken dazu machen?«

»Wozu?«

Mein Gott! Warum unterhielt ich mich nicht gleich mit den Simpsons auf der Bettwäsche? Da wusste ich wenigstens von vornherein, dass sie mir nicht zuhörten.

»Wie wir eine automatische Vorauswahl bei den Bewerbern treffen können«, wiederholte ich langsam, zum Mitschreiben für alle gestressten Volontärinnen.

»Können wir uns da später drüber unterhalten?« Kathy schob die vollgeschmierten Blätter zusammen und steckte sie in ihre Umhängetasche. »Ich muss jetzt noch einen weiteren Artikel redigieren, habe gleich noch ein saudummes Gespräch mit meinem Chef und PMS bis unter die Augen.«

Alles klar, daher also die gute Laune.

»Na klar, das hat ja alles noch Zeit«, sagte ich. »Außerdem sollte ich ja Mathe lernen ...«

Nachdem ich alle meine Notizen gewissenhaft zweimal durchgelesen und mehrere Übungen dazu gemacht hatte, war es fünf und ich rief bei Anso im Büro an. Vielleicht hatte ja unser Organisationstalent eine Idee, wie wir die vielen Bewerberinnen möglichst effektiv vorsieben konnten.

»Emma, dich schickt der Himmel!«, rief meine Freundin.

Schön, dass es Leute gab, bei denen man willkommen war.

»Du musst mir unbedingt helfen, sonst werde ich hier noch verrückt!«

Aha, aus dieser Richtung wehte der Wind. Anso war bei einer Eventmanagementfirma namens *Super-Events* in der Lehre und ich war der Meinung, dass man den Laden besser in *Super-Chaos* umbenennen sollte. Zusatzslogan: *Irgendwas geht bei uns immer in die Hose!*

»Heute Abend um sieben richten wir eine ganz große Vernissage in der Galerie Heyne aus und vor einer halben Stunde haben beide Leute abgesagt, die mit Getränken und Häppchen herumgehen sollten. Kannst du nicht einspringen? Bitte!«

Hm. Das würde bedeuten, dass weitere Mathe-Lernerei auf der Strecke bleiben würde. Ein reizvoller Gedanke. Aber trotzdem würde ich etwas für die Schule tun. Schließlich war Kunst eines meiner Hauptfächer. Außerdem war die Galerie Heyne eine richtig angesagte Galerie, die nicht jeden dahergelaufenen Hobbymaler ausstellte. Und ich würde etwas Geld verdienen. Ein sehr positiver Aspekt, denn Umzüge waren schließlich teuer.

»Alles klar!«, sagte ich. »Wann muss ich da sein und was soll ich anziehen?«

»Du bist ein Schatz!«, quietschte Anso durch die Leitung. »Zieh am besten etwas Schwarzes an und sei um halb sieben in der Galerie. Schürze und so ’nen Kram kriegst du dort. Bis dann!« Und schon hatte sie wieder aufgelegt.

Die Galerie Heyne war mitten in der Stadt in einem feudalen Jugendstilhaus untergebracht. Vor der protzigen Glastür parkte ein Kleinlaster von *Super-Events* und lauter wichtig aussehende Leute rannten hin und her.

»Ich glaube, ich dreh gleich durch!«, hörte ich jemand rufen. »Jetzt mach mal, mach mal!«

Die Stimme gehörte Ansos Chef, Herrn Henning. Ein Choleriker der allerersten Güteklasse, dessen Lieblingsworte »Mach mal!« waren und der daher von seinen Angestellten auch so genannt wurde. *Machmal*, der gerade mal einen Meter siebzig groß war, trug heute zu einem silbergrau gestreiften Jackett ein hellgraues Hemd, eine schwarze Hose und eine senfgelbe Fliege. Sehr apart. Er tigerte telefonierend in der Galerie auf und ab und raufte sich die wallenden schwarzen Haare.

»Wann kommt denn nun dieser Weinlieferant?!«, bellte er ins Handy. »Fünf Uhr war ausgemacht. Und wenn ich hier erst kurz vor Beginn lauter durchgeschüttelte Flaschen Champagner kriege, können Sie sich die alle einzeln in den … Hallo?! Hallo!« Er starrte sein Handy an. »Nicht zu fassen! Der Idiot hat einfach aufgelegt!«

In diesem Augenblick ging die große Glastür der Galerie auf und ein Mann mit einer Sackkarre erschien auf der Schwelle. »Fünfzehn Kisten Champagner hätte ich für *Super-Events*!«, rief er in den Raum. »Bin ich hier richtig?«

»Na endlich!« Henning ging auf den Mann zu und fuchtelte wild mit den Armen. »Dort durch die Tür und gleich in die Kühlfächer, aber dalli!« Dann klingelte sein Handy wieder und er rannte samt Telefon auf die Straße.

»Ist er weg?« Anso kam hinter einer Stellwand zum Vorschein. »Der Mann bringt mich noch in die Klapsmühle, bevor ich meine Lehre auch nur halbwegs beendet habe!«

»Immerhin ist der Champagner da«, sagte ich und hakte mich bei ihr unter. »Also, was kann ich für dich tun?«

Kurz nach sieben füllte sich die Galerie und ich ging mit einem großen Tablett mit Champagnergläsern durch die Räume. An den Wänden hingen jede Menge sündhaft teurer Bilder, die von den Besuchern in den höchsten Tönen gelobt wurden.

»Nein, sehen Sie nur, diese Pinselführung. Einfach genial!«, hauchte gerade eine abgemagerte Frau Ende fünfzig. Sie hatte für diesen Abend ihren ganzen Schmuck hervorgekramt und stand mit einem fetten Mann vor einem Bild, das ich niemals freiwillig bei meiner Zeichenlehrerin abgegeben hätte. Ich hätte mir damit todsicher eine Sechs eingehandelt.

Nachdem ein Kunsthistoriker uns alle auf die Wichtigkeit der Werke dieses Künstlers aufmerksam gemacht und versucht hatte, die Hintergründe der schwarzen Schmierereien zu erläutern, schnappte ich mir ein großes Tablett mit Käsehäppchen und mischte mich wieder unter die Besucher.

»Na, Honey«, sagte plötzlich eine Stimme hinter mir. Eine tiefe Stimme. Und es gab nur einen Menschen auf dieser Welt, der mich *Honey* nannte. Das war Tom. Der **T**raumatisch **O**lympische **M**issgriff meines Lebens.

»Ich wusste gar nicht, dass du jetzt Catering machst, aber diese lange rote Schürze steht dir richtig gut!« Schokobraune Augen sahen mich belustigt an.

»Hi!«, sagte ich mit leicht krächzender Stimme. »Ich dachte, du bist jetzt in Berlin?«

Mein Gott, du blöde Kuh, meldete sich meine innere Stimme. Du siehst doch, dass er neben dir steht!

»Stimmt«, sagte Tom. »Aber ich mache hier gerade Praktikum in einem Designbüro. Du gestattest?« Er nahm sich eines der Käsetürmchen vom Tablett und lächelte. Schon befand sich mein Magen im freien Fall. Wie eine Aufzugskabine, bei der man die Stahlseile durchgeschnitten hatte.

Dabei war ich der irrigen Meinung gewesen, dass ich über die Trennung von diesem Schönling längst hinweg war. Fehlanzeige.

»Ja, äh, ich, äh, mache neuerdings Food-Design«, plapperte ich nervös drauflos. »Nächste Woche zeigt mir ein berühmter Chinese, wie man aus winzigen Radieschen riesige weiße Schwäne schnitzt, und wenn ich das gut draufhabe ...«

Emma, schrie die Stimme in meinem Kopf. Halt sofort die Klappe und denk bitte nach, bevor du sie wieder öffnest!

»Ich meine, ich, äh, helfe Anso aus der Patsche«, beendete ich meinen Satz. »Die Bedienungen haben sich krankgemeldet und so habe ich die Möglichkeit, etwas dazuzuverdienen.« Ich hielt ein paar frisch eingetrudelten Galeriebesuchern die Häppchen hin und versuchte, ein paar klare Gedanken zu fassen. Ein schwieriges Unternehmen, denn sie machten schon alle zusammen Feierabend.

»Und? Gibt's sonst noch was Neues?«, fragte Tom, der nun lässig an einer der Säulen lehnte und sich weiter mit Käse vollstopfte.

»Ich ziehe um«, sagte ich, froh über ein konkretes Thema. »In einen tollen Altbau in der Friedrichstraße!«

»Cool!«, sagte Mister Sex-Appeal. »Hast du im Lotto gewonnen?«

Ich kicherte nervös. »Nein, wir machen eine WG auf. Wenn du magst, lade ich dich zur Einweihungsparty ein.«

Moment mal. Bist du jetzt ganz bescheuert geworden? Die Stimme in meinem Kopf überschlug sich geradezu vor Entsetzen. Dieser Mann sollte ein für alle Mal der Vergangenheit angehören! Hast du das immer noch nicht gerafft?! Anscheinend nicht.

»Gerne«, sagte Tom. »Ich bin bestimmt noch vier Wochen in der Stadt. Also, Honey...« Er hauchte mir ein Küsschen auf die Wange. »Bis bald mal wieder!«

Dann verschwand er in der Menschenmenge und ließ mich völlig verwirrt zurück. Warum fiel ich immer wieder auf Idioten herein? Und warum merkte ich das immer erst, wenn es schon zu spät war? Ob sich das jemals ändern würde?

»Ich will dich nicht nerven, Süße, aber dein Tablett ist leer«, sagte Anso, die neben mir auftauchte. »Emma? Alles in Ordnung?«

Ich schüttelte den Kopf. »Tom war gerade hier.«

»Oh, oh...«

»Und ich Volltrottel habe ihn zu unserer Einweihungsfeier eingeladen...«

»Wirklich?«

»Wirklich.«

»Wirklich?!«

»Wirklich. He, jetzt nehmen wir mal ein anderes Wort, okay?« Wir steuerten auf die kleine Küche der Galerie zu. »Es ist ja nun nicht so, dass ich Jack the Ripper eingeladen habe.«

»Aber er spielt in einer ähnlichen Liga.« Anso schüttelte fassungslos den Kopf. »Du weißt doch, was für ein Idiot er ist!«

»Klar weiß ich das.« Ich schnappte mir ein volles Tablett. »Aber manchmal ist man eben nicht ganz bei sich, oder?«

»*Nicht bei sich* ist in diesem Fall noch heftig untertrieben«, brummte meine Freundin. »Und was gedenkst du jetzt zu tun?«

Ich überlegte kurz. »Ich kann ja einfach vergessen, ihm Bescheid zu sagen, dann weiß er nichts von der Party und kommt nicht.«

Beschwingt von dieser Lösung, mischte ich mich wieder unter das Volk.

»Und welche Botschaft möchten Sie dem Betrachter mit Ihren Bildern nahebringen?«, hörte ich eine bekannte Stimme fragen. Es war Kathy, die sich mit ihrem Aufnahmegerät neben dem Künstler des Abends aufgebaut hatte und ihn mit Fragen löcherte. Ich drückte ihr schnell ein Glas Champagner in die freie Hand und zwinkerte ihr zu. Vielleicht wurde es doch noch ein ganz netter Abend …

Gegen neun war der ganze Spuk vorbei und wir standen draußen vor der Galerie.

»Gehen wir noch etwas trinken?«, fragte Kathy. »Ich muss den Artikel über diesen Heini erst morgen abliefern.«

Ich witterte meine Chance, die Sache mit den fehlenden Mitbewohnerinnen endlich zur Sprache zu bringen, und nickte. Das war jetzt wichtiger als alle Mathetests der Welt.

Kaum waren wir in der Kneipe und hatten die Getränke vor uns stehen, legte ich auch schon los.

»Also, Kathy hat den Tipp mit einer Website bekommen, auf der man WG-Annoncen reinstellen kann«, begann ich.

»Aber wir haben noch nicht mal den Mietvertrag in der Tasche!«

Anso konnte wirklich eine elende Spaßbremse sein.

»Aber wir dürfen morgen Nachmittag schon bei der *Mamma* anrufen und fragen, wie es gelaufen ist, oder?«

»Ja, schon«, sagte Kathy und gähnte. »Aber dann haben wir immer noch massig Zeit.«

»Himmel noch mal!« Ich stellte meine Cola mit einem Knall auf den Tisch. »Was mich interessiert: Wie können wir so eine Art Vorauswahl treffen, damit nicht die halbe Stadt bei uns auf der Matte steht? Kapiert ihr das nicht?«

»Emma hat Tom getroffen und ihn zu unserer Einweihungsfeier eingeladen«, sagte Anso stattdessen.

Na bitte, das musste ja kommen.

»Tom?!« Kathy sah mich an, als ob ich … Lassen wir das.

»Ja, ich bekenne mich schuldig!«, rief ich entnervt. »Kann ja mal vorkommen, dass einem das Hirn kurzfristig abhandenkommt, oder? Und dass man nervös ist, wenn der Ex plötzlich vor einem steht. Und dass man dann dummes Zeug redet, das man hinterher bereut …«

Kathy streichelte meinen Arm. »Entschuldige«, sagte sie. »Aber du weißt doch noch, wie dieser Typ dich verarscht hat, oder?«

Als könnte ich das jemals vergessen. »Ihr tut gerade so, als hätte ich bekannt gegeben, dass ich ihn heiraten will«, murmelte ich. »Tut mir leid, aber das mit der Einladung biege ich schon wieder gerade, okay?«

»Wir waren bei den Bewerbern stehen geblieben«, brachte Anso die Sache wieder ins Lot. »Und mir fällt auch gerade was dazu ein.«

»Und?« Kathy und ich waren ganz Ohr.

»Wie wäre es, wenn wir neben der Beschreibung des Zimmers auch die Frage *Warum sollten wir ausgerechnet dich bei uns einziehen lassen?* in die Annonce packen. Dann müssen die Leute sich Gedanken machen, warum, wieso und weshalb. Und wir können in aller Ruhe die Mails lesen und eine Vorauswahl treffen. Na?«

Zugegeben: Manchmal war Anso auch einfach genial.

Ab wie vielen Horoskopen am Tag wird's grenzwertig?

Es ist nicht so, dass ich diesen ganzen Mist glaube, aber irgendwie gehe ich beschwingter in den Tag, wenn es heißt: *Heute sorgen die Sterne dafür, dass Sie auf Ihre Kosten kommen. Vor allem dann, wenn Sie mal an sich selbst und nicht immer nur an die Pflichten denken.*

Wenn aber das zweite Horoskop meldet: *Mögliche schlechte Laune sollten Sie weder am Partner noch an guten Freunden auslassen. Ihre Umwelt kann schließlich nichts dafür, wenn Sie schlecht geschlafen haben*, klicke ich einfach auf den dritten Link. Schließlich holt man sich bei Krankheitsdiagnosen auch mehrere Meinungen ein.

Okay, ich gebe es ja schon zu: Ich hole mir jeden Morgen drei, in Krisenzeiten auch schon mal fünf Meinungen ein. Und versuche dann die Durchschnittsvorhersage zu ermitteln. Womit ich auch gleich wieder beim Thema des Tages wäre: die Mathearbeit. Mist.

Mal sehen, was die Sterne dazu sagen:

Träumen Sie jetzt nicht von der großen Karriere. Momentan ist es wichtiger, dass Sie Ihre Position halten und ein bisschen festigen. Achten Sie aber trotzdem auf fairen Wettbewerb. Ganz besonders dann, wenn Sie schon mal den Kürzeren gezogen haben.

Na ja, bisher stehe ich auf einer wackeligen Vier … Also her mit der zweiten Meinung und dann ab in die Schule.

Gehen Sie erst einmal alles in Ruhe an. Sammeln Sie Kräfte und Ideen bis zum nächsten Monat. Dann haben Sie beruflich nämlich sehr gute Karten – und auch bei Vorgesetzten den begehrten Stein im Brett.

Toll, ich sehe das Gesicht von meinem Mathelehrer schon vor mir, wenn ich ihm das verklickern würde.

»Entschuldigen Sie, Herr Mommer, aber ich glaube, es ist besser, wenn ich diesen Test erst im November schreibe. Mein Horoskop ist da eindeutig, und wenn Sie nicht mitspielen, dürfen Sie sich nicht wundern, wenn's nichts wird!«

Auch Mommer kann von Glück sprechen, dass ich diesen Quatsch nicht glaube.

Ich schaffte es gerade noch rechtzeitig, im Zeichensaal zu landen, und ließ mich auf meinen Platz sinken. Noch ein Vorteil der neuen Wohnung: Ich wäre in fünf Minuten in der Schule und könnte mir diese nervige Straßenbahn sparen.

»Und? Wie ist es bei euch ausgegangen?« Jonas setzte sich auf einen freien Stuhl neben mich und sah mich fragend an.

»Jede Katastrophe scheint auch seine gute Seite zu haben«, sagte ich und erzählte ihm, was alles passiert war.

»Das klingt ja cool!«, war sein Kommentar. »Sagt mir Bescheid, wenn ich euch helfen kann, ja?«

Ich nickte. »Und wo warst du gestern?«

»Mathe gelernt«, sagte Jonas ernst. »Kannst du alles?«

»Ich weiß nicht, was ihr alle habt«, schnatterte Ramona ungefragt dazwischen. »Stochastik ist lediglich eine Sache von genauem Durchlesen.« Sie pflanzte sich mit ihren Zeichenutensilien zwei Tische vor mich hin. »Und dann muss man nur noch die Fakten miteinander in Zusammenhang bringen. Das ist alles!«

»Baby, vielleicht solltest du mal genauer auf deine Waage im Badezimmer schauen«, brummte Jonas. »Und wenn du dann den Zusammenhang zwischen deinem Gewicht und dem Aussehen von engen Hüfthosen bei zu fetten Menschen kapieren würdest, könntest du uns den schrecklichen Anblick deiner Speckröllchen ersparen. Alles klar?«

»Pah!«, war alles, was die liebe Ramona dazu zu sagen hatte.

Blöde Kuh. Ich seufzte tief und machte mich an die Arbeit. Noch achtzig Minuten bis zum großen Desaster.

Es ging gleich gut los:

Aus einem Skatspiel werden mit einem Griff drei Karten gezogen.
Wie groß ist die Wahrscheinlichkeit, dass dabei

a) nur Buben gezogen werden?
b) zwei Buben gezogen werden?
c) nur Herz gezogen wird?
d) Kreuz Ass gezogen wird?

Woher sollte *ich* das denn wissen? Ich konnte nicht mal Skat spielen. Vielleicht bildete ich es mir ein, aber meinen Mitschülern schien diese Aufgabe völlig verständlich zu sein. Jedenfalls schrieben sie alle, als würde ihr Leben davon abhängen. Tat es das auch? Hing unser Leben von diesem Quatsch ab?

Egal, vielleicht gab die zweite Frage mehr her:

In einer Schublade liegen sechs blaue, zehn schwarze, drei weiße und fünf graue Paar Socken. Im Dunkeln werden zwei Paar aus der Schublade genommen.
Wie groß ist die Wahrscheinlichkeit, dabei

a) je ein Paar schwarze und weiße,
b) je ein Paar blaue und graue,
c) zwei gleichfarbige Paare herauszugreifen?

Typischer Fall von Realitätsverlust! Diese Mathefritzen gingen tatsächlich davon aus, dass man immer Socken*paare* aus der Schublade herausfischte. Und auch noch im Dunkeln! Hatten sie überhaupt keine Ahnung vom normalen Leben? Diese Aufgabe hatte eindeutig nichts mehr mit Wahrscheinlichkeitsrechnung zu tun, sondern mit *Un*wahrscheinlichkeitsrechnung. Auch wenn es bis heute noch nicht wissenschaftlich bewiesen worden war, wusste jeder normal tickende Mensch, dass sich eine der beiden Socken spätestens nach dem dritten Waschgang in Luft auflöste. Und warum konnte man uns zur Abwechslung nicht mal Aufgaben vorsetzen, die wir fürs Leben verwenden konnten? Mir fiel dazu gleich ein Beispiel ein:

Du bist schon seit drei Monaten mit einem tollen Typen liiert. Eines Abends geht ihr zusammen auf eine Geburtstagsparty. Wie groß ist die Wahrscheinlichkeit, dass dein Freund

a) dich vorübergehend vergisst und eine hübsche Blondine anbaggert?
b) sich total zulaufen lässt und vor allen Leuten mit dir Schluss macht?
c) nur Augen für dich hat und dich den ganzen Abend auf Händen trägt?

Vielleicht doch kein gutes Beispiel, denn sofort musste ich wieder an Tom denken.

Emma, reiß dich zusammen! Lass die Socken doch Skat spielen, bis sie sich verfärben oder eingehen, und kümmere du dich um die Aufgaben zur Kurvendiskussion. Die hast du immerhin kapiert und vielleicht schaffst du damit wenigstens die Vier.

Gegen eins fühlte ich mich total groggy und latschte mit einigen aus meiner Klasse zur Straßenbahn.

»Und? Alles gewusst?«, fragte Lena.

»Ich hoffe, dass es für eine Vier reicht«, sagte ich, während ich auf dem Display meines Handys nachsah, ob jemand angerufen hatte. »Wie ist es bei dir gelaufen?«

»Vergiss es«, brummte sie. »Wenn das so weitergeht, kann ich die Zwölfte gleich in die Tonne treten und es im nächsten Jahr noch mal versuchen.«

Na, ein Glück, dass es bei mir nicht gar so schlimm aussah.

Meine Mailbox hatte brav seine Funktion erfüllt und zwei Nachrichten aufgezeichnet. Die erste war von Kathy:

»Hi, Emma, es scheint geklappt zu haben mit der Wohnung und wir sollen um zwei bei den Orlandis auftauchen. Vielleicht können wir sogar schon den Mietvertrag unterschreiben. Sei also ausnahmsweise mal pünktlich. Ciao!«

Ich boxte Jonas, der neben mir herlief, auf den Arm. »Sieht so aus, als wäre das Paradies in greifbare Nähe gerückt!«

»Habt ihr die Wohnung?«

»Kathy klingt so!« Ich machte ein paar Tanzschritte und drückte auf einen Knopf, um die nächste Nachricht abzufragen. Mist. Meine Mutter.

»Wo steckst du denn, Schatz? Und wann kommst du denn mal wieder nach Hause? Ruf mich doch bitte mal kurz an.«

Ich seufzte. Mathe *und* Mutter war ein bisschen viel an einem Tag, aber ich wusste, sie würde nicht lockerlassen, bis ich mich bei ihr gemeldet hatte, und beschloss, die Sache gleich hinter mich zu bringen.

»Na, das wurde aber mal wieder Zeit«, sagte sie, als ich mich meldete. »Ich hab gar keine Ahnung, wie es dir geht, man hört die schlimmsten Sachen von verschwundenen Schülern und was Männer so alles mit ihnen anstellen und da ...«

»Es geht mir gut, Mum«, bremste ich die Redeflut meiner Mutter. »Mach dir mal keine Sorgen!« Als ich meine Lehre machte, hatte sie sich weitgehend aus meinem Leben herausgehalten, aber seit ich wieder zur Schule ging, führte sie sich auf, als wäre ich gerade sechzehn geworden.

»Dann melde dich doch bitte wieder öfter, und wie sieht es denn nun mit deiner Facharbeit aus, hast du dir schon ein gutes Thema ausgesucht, du weißt, wie schnell die Zeit verstreicht, und bevor du es weißt, ist es schon wieder kurz vor knapp, nein, ich habe doch gesagt, dass der Siphon nicht richtig drangeschraubt ist, weißt du, ich habe hier einen Handwerker in der Küche, weil das Wasser nicht richtig abfließt und ich nun wirklich am Ende meines Lateins bin.«

Anscheinend war ich, wie so oft, nicht ihr einziger Gesprächspartner.

»Mum, ich muss erst im März abgeben«, rief ich genervt. »Und jetzt haben wir gerade mal Ende Oktober!«

»Mit so etwas kann man nicht früh genug anfangen, Schatz«, sagte sie ungerührt. »Und wie oft muss ich dich noch bitten, mich Gisela zu nennen, nein, ich meine nicht Sie, sondern meine Tochter! Wenn du *Mum* zu mir sagst, fühle ich mich wie Ende siebzig und es ist nicht so, dass ich etwas gegen alte Frauen habe, aber ich stehe noch voll im Leben und daher wäre es mir einfach lieber, dass du mich bei meinem Vornamen nennst, ja, genau diese Sauerei hatten wir heute früh auch schon und ich hoffe, Sie können auch diesen widerlichen Geruch beseitigen, also sei so lieb und nenn mich Gisela!«

Das wird erst passieren, wenn du mich nicht dauernd *Schatz* nennst, *Mum*!

»Vielleicht mache ich etwas über das Bauhaus oder über modernes englisches Zeitschriftendesign«, nahm ich das leidige Thema Facharbeit wieder auf.

»Was?«, rief meine Mutter entsetzt. »Das sind ja alles reine Männerdomänen! Warum besinnst du dich nicht endlich mal auf deine Weiblichkeit und nimmst dir ein feministisches Thema vor, oder ist das zu viel erwartet von einer Tochter? Ja, genau da kommt das Wasser immer wieder raus!«

In gewisser Weise war meine Mutter eine weibliche Ausgabe von

Machmal: Es ging ihr alles viel zu langsam, vor allem was meine Entwicklung betraf. Dafür erledigte *sie* die Dinge in *ihrem* Leben in einem atemberaubenden Tempo und genauso kommunizierte sie mit ihren Mitmenschen.

Kaum kriselte es in der Ehe mit meinem Vater, meldete meine Mutter sie beide für eine Paartherapie an. Mein Vater war Arzt, besser gesagt Facharzt für Orthopädie. Das ist die Sorte Ärzte, die mit einem Lächeln auf den Lippen Wirbelsäulen und Arme einrenken. Nicht umsonst lautet sein Lieblingsspruch: *Zähne aufeinanderbeißen und an etwas Schönes denken!* Mit diesem Motto bin ich praktisch groß geworden.

Ärzte sind sich in der Regel untereinander nicht sehr grün, und als er von dem Vorschlag *Paartherapie* hörte, reagierte er alles andere als begeistert.

»Ich gehe doch nicht zu so einem Beklopptenarzt«, war sein Kommentar. »Die wollen sich nur an meinen Problemen aufgeilen.«

Daraufhin belegte meine Mutter ein Wochenendseminar zum Thema *Die Reise zu der Frau in mir*, entdeckte ihre lesbischen Neigungen, verliebte sich während des nächsten Seminars *Tanz der weiblichen Vielfalt* in eine der Kursteilnehmerinnen und hatte ihr Coming-out. Der Rest war schnell erzählt: Drama, Scheidung und Neuanfang mit der Psychologin Ulla, die in ihrer Freizeit *Seelenbilder* malte. Und mein Vater musste sich nach einer anderen Fachkraft für die Buchführung umsehen.

»Ich hatte mir nämlich gestern etwas für dich überlegt«, begann meine Mutter. Genau so was hatte ich schon befürchtet …

»Warum schreibst du nicht etwas über Ullas Seelenbilder, sie hat eine ganz neue Bewusstseinsebene erreicht und die Bilder sind so voller weiblicher Kraft, die musst du dir wirklich bald mal ansehen, wenn man davorsteht, packt dich so ein richtiges *Whomm-Gefühl*, denn die Bilder wühlen einen total auf, verstehst du, und dann diese Farben, alles so intensiv, du hast das Gefühl, dass sie dich tief im Innersten berühren und dir die Luft nehmen, und danach fühlst du dich bereichert, weil, äh, na ja, weil sie dir eben das vermitteln, wonach du suchst, und weil …«

Genau, Mum, weil dieses *Whomm-Gefühl* einem quer im Magen liegt …

Wirklich. Ich hatte weder etwas gegen Lesben noch gegen die Freundin meiner Mutter, aber ich fand Ullas Bilder einfach schrecklich und würde eher freiwillig ein paar Szenen aus einem Stephen-King-Film realistisch nachspielen, als meine Facharbeit über diese Farbschmierereien zu schreiben. Außerdem nervte mich die Art meiner Mutter, alles Weibliche als das einzig Seligmachende hinzustellen.

»Mum, ich bin im Gestaltungszweig. Nicht bei den kreativen Kunstschwestern«, sagte ich. »Wir dürfen nicht über Hobbymaler schreiben.«

»Hobbymaler?!«, rief meine Mutter empört. »*Hobby*maler?! Ulla hat schon mehrfach ausgestellt!«

Richtig. In einer Filiale der Sparkasse und im Bürgerbegegnungszentrum.

»Und du kannst mir glauben, der Durchbruch wird nicht mehr lange auf sich warten lassen und dann wird alle Welt von ihren Bildern sprechen und *du* wirst dich eines Tages noch bei mir dafür bedanken, dass ich dich so fortschrittlich erzogen und immer unterstützt habe.«

Ich seufzte. Es war nun wirklich nicht so, dass ich den Feminismus ablehnte, ganz bestimmt nicht. Aber der Ton machte die Musik und bei dem Ton, den meine Mutter benutzte, bekam ich noch eines Tages einen fetten Hörsturz.

»Glaub mir, es muss etwas Offizielles sein«, kürzte ich die Diskussion ab. »Und außerdem hab ich absolut keine Zeit mehr. Ich muss jetzt dringend los. Kathy und ich schauen uns gleich eine

Altbauwohnung an, wir wollen mit drei anderen Frauen eine WG gründen.«

»Na, das ist wenigstens mal eine positive Nachricht«, stöhnte meine Mutter.

Punkt zwei standen Kathy, Anso und ich in der Friedrichstraße vor der großen Haustür der Nummer 54.

»Bin ich aufgeregt!«, rief Anso und drückte auf die Klingel. »Wenn alles klappt, sollten wir auch Max noch Bescheid sagen.«

»Du meinst, du willst sehen, ob Christian da ist«, stellte ich ihr Anliegen richtig.

Anso wurde fast so rot wie ihre Haare. »Sehr witzig ...«

»Meine Damen, die Tür ist offen«, sagte eine sonore Stimme hinter uns. Sie gehörte einem großen dünnen Herrn mit Glatze, der uns freundlich anlächelte. »Sollten Sie aber zu mir in die Sprechstunde kommen wollen, muss ich Sie darauf aufmerksam machen, dass diese erst um fünfzehn Uhr beginnt und die Praxis in das Parterre umgezogen ist.« Dann hielt er uns höflich die Tür auf und verschwand in die Praxis.

»Hübscher Lodenmantel«, bemerkte Anso. »Und überhaupt. Scheint so ein richtig netter, altmodischer Doc zu sein.«

»Wenn er uns in der Not ab und an mal ein Attest ausstellt, werde ich ihn erst recht mögen.« Ich dachte da an bestimmte Tage, an denen man im Bett wesentlich besser aufgehoben war als in der Schule. »Aber vorher ist der Mietvertrag dran!«

Eine halbe Stunde später war alles unter Dach und Fach, bis auf eine Sache.

»Was Herr Vogel haben möchte, iste eine Bürge«, sagte Francesca. »Wegen Miete und so.«

»Oje«, sagte Anso. »Ich glaube nicht, dass meine Eltern da mitspielen. Die haben so etwas schon bei Florians Café laufen ...«

»Bei mir ist auch tote Hose«, sagte Kathy. »Meine Eltern sind ja seit August Lehrer an der Deutschen Schule in Lissabon. Die haben im Augenblick ganz andere Dinge im Kopf und hören mir am Telefon nicht mal richtig zu.«

»Ich könnte meinen Vater fragen«, sagte ich. »Der freut sich immer, wenn er sich bei mir nützlich machen kann.«

»Bist du sicher?« Kathy kannte meinen Vater schon lange und sah mich skeptisch an.

»Doch, doch«, sagte ich locker. »Ich rufe ihn später gleich an.«

Ich war in der Tat ziemlich zuversichtlich, denn mein Vater hatte mich auch während meiner Lehre immer wieder finanziell unterstützt. Das tat er sicher auch, weil er nach der Scheidung seinem einzigen Kind gegenüber Schuldgefühle hatte, aber das konnte mir ja egal sein. Hauptsache, der Umzug scheiterte nicht an so etwas Banalem wie einer Bürgschaft.

»Bellissima!«, rief Francesca und drückte uns, nachdem sie uns das Du angeboten hatte, eine nach der anderen an ihren Busen.

»Jetzt iche mache uns eine Espresso, dann ich musse gehen in Ristorante.«

Kaum war sie in der Küche verschwunden, schwang die Haustür auf und *Nonna* kam herein.

»Buon giorno!«, rief sie fröhlich. »Hatte alles geklappt? Bene!« Sie legte sich die rechte Hand aufs Herz. »Iche bin sehr glückelich. So viele nette Frauen jetzte im Haus!« Dann sah sie jede von uns durchdringend an. »Que segno zodiacale, äh, Sternezeichen habte ihr? Iche kenne mich aus! Auch mitte die Karte!«

Aha, Max hatte also nicht zu viel versprochen.

»Ich bin Stier«, sagte ich. »Aszendent Waage.«

»Aaaah!« *Nonna* sah mich entzückt an. »Interessante! Wir müssen uns mal unterhalten, sì?«

»Aber jetzt nicht«, sagte Francesca, die mit einem vollen Tablett aus der Küche kam. »Jetzt musse ich arbeiten und ragazze auch.«

Ihr Blick sagte uns unmissverständlich, was sie von Horoskopen hielt, und sie dirigierte uns an den großen Tisch. »Aber erste noch eine gute Café zur Feier von Tage!« Sie teilte die kleinen Tassen aus und strahlte uns an. »Die Schlüssel habte ihr jetzt auch. Allora, auf eine schöne Zeit!«

Kaum standen wir wieder im Treppenhaus, als Max die Stufen heraufkam. »Gut, dass ich euch noch sehe«, sagte er, ganz außer Atem. »Francesca hat mir erzählt, dass es geklappt hat mit der Wohnung, und ich wollte euch fragen, ob ihr noch Umzugskartons brauchen könnt.«

»Ich kriege schon einen ganzen Stapel von meinem Bruder«, sagte Anso.

»Aber wir haben bisher nur Bananenkartons«, sagte ich. »Da können wir schon noch was zusätzlich gebrauchen!«

»Fragt sich nur, wie wir die zur Riemann schaffen.« Kathy legte die Stirn in Falten.

»Wozu gibt's Taxifahrer?«, fragte Max und zwinkerte uns zu. »Wenn wir das sofort erledigen, kann ich euch fahren!«

»Schade, dass ich keine Fotoreportage zum Thema *Zickige Vermieter* machen muss«, kicherte Kathy, als wir die gefalteten Kartons an Frau Riemann vorbei in unsere Zimmer hinauftrugen. »So eine schlecht gelaunte Trutsche kriegt man nicht alle Tage vor die Kamera!«

Unsere Vermieterin stand immer noch unten im Flur, als wir Max nach unten begleiteten, um ihn zu verabschieden. »Wie ich sehe, haben Sie eine neue Bleibe gefunden«, knötterte sie.

»So ist es«, sagte Kathy feierlich. »Wir ziehen bereits Ende der Woche mit Sodom und Gomorrha zusammen und Sie sind schuld daran.« Sie hakte sich demonstrativ bei Max unter. »An Ihrer Stelle könnte ich kein Auge mehr zumachen.«

Wie geht man am geschicktesten vor, wenn man etwas von seinem Vater braucht?

Vielleicht mit einem: »He, Paps, ich bräuchte mal eine kleine Unterschrift von dir. Ach was, es kostet weiter gar nichts!«

Mmh. Am Ende würde er sich dann noch die Wohnung anschauen wollen. Nein, ich brauchte eine Unterschrift, keinen Besuch.

»He, Paps, weißt du noch, was du mir im Sommer gesagt hast?«

(Als ich mit dir und deiner dämlichen neuen Freundin Pizza essen war.)

»Dass ich mich jederzeit an dich wenden kann, wenn es mal Probleme gibt. Und jetzt habe ich ein klitzekleines Problem.«

Schon besser. Es hatte bisher immer funktioniert, wenn ich meinen Vater auf irgendwelche Versprechen festgenagelt hatte. Und heute konnte ich das ruhig mal wieder in Anspruch nehmen. Der Zweck heiligt die Mittel. Oder so.

Ich sah auf die Uhr: kurz nach sechs. Eine perfekte Zeit, bei ihm in der Praxis anzurufen.

»*Zähne zusammenbeißen und an was Schönes denken!*« Sein Lieblingssatz passte heute wie die Faust aufs Auge.

»Orthopädische Praxis Schubert, was kann ich für Sie tun?«

»Hier ist Emma Schubert. Ich hätte gerne kurz meinen Vater gesprochen.«

»Einen kleinen Augenblick, ich schau mal, ob der Herr Doktor zu sprechen ist!« Und schon hing ich in der Warteschleife und musste mir eine grauenvoll elektronische Version von *Für Elise* anhören.

»Ja, Schubert«, bellte mein Vater ins Telefon.

»Hi, Paps!«, sagte ich munter. »Alles klar bei dir?«

»Ach du bist es.« Mein Vater klang nicht gerade begeistert.

»Yep!«, sagte ich. »Und ich bräuchte mal deine Hilfe.«

»Bist du gestürzt?« Immerhin klang er schon etwas besorgt, aber wir waren noch sehr weit vom Dauer-schlechtes-Gewissen-Ton entfernt.

»Wenn ich mir was ausgekugelt hätte, würde ich ja bei dir in der Praxis stehen, oder?« Ich holte tief Luft. *Zähne zusammenbeißen und an was Schönes denken, Emma!*

»Ich habe eine ganz tolle neue Wohnung in Aussicht und da bräuchte ich –«

»Tut mir leid«, unterbrach mich mein Vater. »Aber in den kommenden Wochen ist es mir beim besten Willen nicht möglich, dir beim Umziehen zu helfen. Erstens muss ich zu einem Kongress und in der Praxis können wir die Leute fast bis zur Decke stapeln. Und auch sonst steht –«

Diesmal fiel ich ihm ins Wort. »Darum geht's auch gar nicht«, sagte ich. »Alles was ich für den Mietvertrag brauche, ist ein Bürge und da dachte ich mir, wo du mir doch gesagt hast, dass ich mich jederzeit an dich wenden kann, wenn ich mal Probleme habe ...«

»Es geht wirklich nur um eine Unterschrift?«, fragte mein Vater. Ha, da klang es schon ganz deutlich durch, das gute alte schlechte Gewissen.

»Eine kleine Unterschrift, sonst gar nichts«, bestätigte ich. »Machst du das? Bitte ...«

»Das mache ich doch gerne für meine Tochter!« Er klang sehr erleichtert, dass er so einfach davonkam. »Ich lass dir ein Schreiben von meinem Anwalt aufsetzen. Ist das in Ordnung?«

»Tausend Dank!« Ich versuchte, nicht allzu begeistert zu klingen. »Du bist ein toller Vater. Und viel Spaß bei deinem Kongress!«

Und wie um alles in der Welt kann man seine übereifrige Mutter beruhigen?

Kaum war die Sache mit meinem Vater durch, hing meine Mutter auch schon wieder in der Leitung.

»Wenn ich ganz ehrlich bin, Schatz, gefällt mir das doch nicht so mit dieser Wohngemeinschaft. Schließlich machst du in diesem Jahr Abitur und mit den anderen in der Wohnung wirst du bestimmt viel zu sehr vom Lernen abgelenkt und du weißt doch, wie wichtig gerade für eine junge Frau ein guter Notendurchschnitt ist, und was ist wenn –«

»Jetzt lass das bitte mal meine Sorge sein.« Heute war anscheinend der Tag, an dem man seinen Eltern ins Wort fallen musste. »Vielleicht darf ich dich kurz daran erinnern, dass ich bereits erfolgreich meine Lehre abgeschlossen habe und auch hier durchaus in der Lage war, das alles alleine durchzuziehen. Obwohl du das pausenlos infrage gestellt hast. Glaub mir, ich bin alt genug zu entscheiden, wann ich mich ablenken lasse und von wem.«

Auch diesmal war die Taktik richtig.

»Ja, ja, ich meine es ja nur gut«, sagte sie ganz zahm.

»Ich auch«, sagte ich freundlich. »Bis bald!«

Ein Glück, dass meine Mutter mit Ulla aufs Land gezogen war, sonst würde sie wahrscheinlich alle furzlang bei mir auf der Matte stehen und mir die Ohren mit guten Ratschlägen vollsülzen.

In den nächsten Tagen waren wir im Packfieber, das nur von lästigen Schulbesuchen und Arbeitseinsätzen unterbrochen wurde. Endlich hatten wir es geschafft, eine Suchanzeige auf der Studenten-WG-Homepage zu schalten, und waren höllisch gespannt, wer sich daraufhin alles melden würde.

Der Text lautete folgendermaßen:

Wir, Kathy, Anne-Sophie und Emma, suchen für unsere Fünfer-WG zwei Frauen ab 18. Die Wohnung liegt im 2. Stock eines sehr schön gepflegten Altbauhauses. Sie hat 129 qm, insgesamt 5 Zimmer, ein großes Bad mit Wanne und Dusche, 2 Waschbecken, Tageslichtfenster und Toilette, 1 Gäste-WC im Flur.

Voll eingerichtete Küche mit Backofen, Kühlschrank, Herd. Waschmaschine vorhanden. Parkett, Durchlauferhitzer, Kabel-TV, ISDN, DSL-Internet, Gasheizung. Zentrale, aber ruhige Lage. Miete: 290 € + Nebenkosten.

Was wir vorher gerne von dir wissen wollen:

»Warum sollten wir uns ausgerechnet für DICH entscheiden?«

Bewerbungen bitte nur per Mail an: EmmaSch@gmx.de

»Manchmal denke ich mir, dass die Leute nur abgeschreckt werden, wenn sie solche Fragen lesen«, murmelte Kathy, während sie ihre letzten Bücher in einen Wäschekorb packte. »Und wenn sich niemand meldet, haben wir ein Problem.«

»Ach, das wird schon werden!« Die Aussicht, in dieses Haus zu ziehen, beflügelte mich derart, dass in meinem Hirn für Zweifel dieser Art gar kein Platz mehr war. »Wenn ich die Küchensachen eingepackt habe, schaue ich mal nach. Vielleicht treten sich die Bewerber in der Mailbox schon die Füße platt!«

Mein Lieblingshoroskop war außerdem eindeutig gewesen: *Ein erfreuliches Ereignis bürgt heute für einen glücklichen Tag!*, und während ich Teller in Zeitungspapier einschlug, überlegte ich mir, wen ich gerne bei uns in der WG hätte. Eine, die auch im kreativen Bereich arbeitete, wäre genial. Oder eine, die gut kochen konnte, denn ich aß für mein Leben gerne, aber schaffte es sogar, Wasser anbrennen zu lassen. Der einzige Wermutstropfen in diesem Zusammenhang war, dass sämtliche Kalorien sofort auf meinen Hüften hängen blieben. Frei nach dem Motto: »Jetzt sind wir schon mal hier und machen es uns gemütlich …«

Nachdem ich auch noch die Gläser verstaut hatte, hielt ich es nicht mehr aus und schaute in die Mailbox. Zwei Nachrichten!

»Kathy, es geht los!«

»Zeig!« Meine Freundin hechtete aus ihrem Zimmer und gemeinsam lasen wir die erste Mail. Sie war von einem Studenten namens Gregor.

Betr.: Noch ist es nicht zu spät!

Hallo, Mädels!

Da wir uns nicht kennen, ist es nicht weiter verwunderlich, dass ihr nur Frauen sucht. Sonst wäre euch sofort klar, dass ich eines der freien Zimmer bekommen sollte. Warum? Nun: Ich bin 27, studiere Jura, bin sympathisch, sehe supergut aus, bin in der Küche nicht ungeschickt und kann bügeln. Vor ein paar Monaten habe ich an einem Massageworkshop teilgenommen und habe also auch in dieser Richtung eine Menge Qualitäten vorzuweisen. Außerdem habe ich eine tolle DVD- und CD-Sammlung. Na, wie klingt das? Wollt ihr mich nicht doch mal kennenlernen? Anruf genügt!

Euer Gregor

Wir sahen uns kurz an, dann prusteten wir los.

»So ein eingebildetes Sackgesicht!«, rief Kathy. »Na warte, der kriegt Post von uns.«

Sie setzte sich vor den PC, überlegte kurz und antwortete:

Gregor-Herzchen,

wenn du glaubst, dass du uns mit diesen mittelmäßigen Fähigkeiten beeindrucken kannst, müssen wir dich leider enttäuschen. Wir sind keine frustrierten Weibchen, die Tag für Tag darauf warten, dass ein aufgeblasener Macker auftaucht, der glaubt, uns die Stunden versüßen zu können. Wir stehen auf echte Männer. Außerdem: Kochen können wir selbst und es herrscht kein Mangel an Tonträgern jeglicher Art. Die Bügelwäsche und den Hausputz erledigt ein bildhübscher Hausmann einmal die Woche, und zwar nackt. Bis auf sein süßes Schürzchen, versteht sich …

Wir hoffen, dass die Frauen, die du in Zukunft anbaggerst, gleich schnallen, was du für ein aufgeblasenes Windei bist, und wünschen dir eine glanzvolle Zukunft als Staubsaugervertreter. Da kannst du all deine Talente sicherlich gut einsetzen!

Hinreißende Grüße
die »Mädels«

»Genial!«, rief ich. »Schade, dass du solche Artikel nicht für die Zeitung schreiben darfst!«

Kathy schnaufte und drückte auf *Senden.* »Ich kann meinem Chefredakteur ja mal eine Kolumne vorschlagen. Eine fiktive Korrespondenz mit so einem Dumpfbeutel wie Gregor könnte mir durchaus gefallen!«

Sie klickte auf die zweite Mail. Diesmal war der Absender eine Frau.

Betr.: WG

Hallo, ihr drei,

ich bin im ersten Semester Bio an der Uni und suche dringend eine nette WG. Und zwar eine, die sich nicht nur als Zweck-WG versteht. Ich habe vor dem Abi mit einer Freundin zusammengewohnt und das hat mir sehr gut gefallen.

Tja, und warum ausgerechnet ich? Ich glaube, ich bin ein sehr verträglicher Mensch, räume meinen Kram (meistens) hinter mir auf und mit meinen Bratkartoffeln habe ich noch jeden begeistern können. Vielleicht treffen wir uns einfach mal und ihr entscheidet euch dann?

Liebe Grüße

Judith

»Mmh. Das klingt doch schon mal ganz nett, oder?« Ich sah Kathy an, die ernst auf den Bildschirm starrte. »Oder was gefällt dir nicht?«

»Doch, die klingt nett«, sagte sie. »Ich wünschte mir nur gerade, dass wir dieses ganze Sortieren schon hinter uns hätten ...« Sie seufzte. »Und wenn ich an heute Abend denke, wird mir total anders.«

»Was ist denn heute Abend?«

»Die Jahresversammlung der Kleingärtner«, brummte sie. »Und ich soll darüber berichten ...«

»Machen wir es doch so«, sagte ich. »Ich schreibe Judith eine kurze Mail zurück, dann packen wir noch eine Runde und ich begleite dich zu dem Date mit diesen Gartenfreaks, einverstanden?«

Im Schrebergartenvereinshaus »Der Laubenpieper« wurden wir aufs Wärmste vom ersten Vorsitzenden begrüßt.

»Das ist aber schön, dass die Zeitung jemanden geschickt hat!«, rief er und schüttelte uns endlos die Hand. »Hier haben Sie schon mal die Tagesordnung, damit Sie wissen, was alles zur Sprache kommt.«

Wir nickten und kurz darauf saßen wir an einem kleinen Tisch im Saal. Gegen acht waren auch die letzten Stühle besetzt und der Vorsitzende, Johannes Peetz, eröffnete die Versammlung.

»Hoffentlich sind wir bald bei *Diverses*«, gähnte Kathy, während wir die Bedeutung von Worten wie *Grünabfallsammelcontainerstellen* kennenlernten, erfuhren, warum die Stadt selbige einzäunen lassen wollte und darüber aufgeklärt wurden, wann der nächste Baumschnittkurs stattfand. »Da kommt bestimmt nicht mehr viel und wir können uns unauffällig verabschieden.«

Dass sie mit ihrer Einschätzung völlig falschlag, wurde mir schon klar, als sich ein dicker Rentner sofort zum letzten Tagesordnungspunkt zu Wort meldete. Er stellte sich breitbeinig hin und räusperte sich. »Zu *Diverses* möchte ich anmerken, dass es in letzter Zeit immer wieder vorkommt, dass jemand Kunstdünger auf meine Beete kippt!« Wieder umständliches Räuspern. »Und jetzt kann ich meine gesamte Biokartoffelernte in der Pfeife rauchen!« Um die Bedeutung seiner Worte zu unterstreichen, schlug er passend zu den einzelnen Silben mit der flachen Hand auf den Tisch.

Das hatte zur Folge, dass ein alter Mann am Tisch neben uns aus seinem Dämmerschlaf aufschreckte.

»Das ist mal wieder typisch«, rief er. »Der Kerl raucht ja alles! Sauerei!«

»Aber nein, Schorsch«, beruhigte ihn eine Frau. »Das hat der Sigi doch nur bildlich gemeint.«

Das war Schorsch aber völlig egal. »Ich hab dem noch nie getraut!«, rief er und nahm einen tiefen Zug aus seinem Bierglas. »Wenn's nach mir gegangen wäre, hätten wir den damals gar nicht aufgenommen!«

»Jetzt seien Sie doch mal tolerant!«, mischte sich der nächste Gartenfreund ein. »Wenn ich's doch sage!« Schorsch hatte eindeutig Lust auf Randale, während Vorsitzender Peetz nervös in die Hände klatschte und um Ruhe bat.

»Du meine Güte, in diesem Verein wird ja das Unkraut depressiv! Hast du das alles mitschreiben können?« Ich sah meine Freundin ernst an. »Das sind meiner Meinung nach die wirklich wichtigen Infos: dass der Schorsch schon immer dagegen war, dass der Sigi hier mitspielen darf. Da ist der ganze Zirkus um diese Grünsammelabfallstellcontainer fast Nebensache!«

»Das heißt Grünabfallsammelcontai…«, wollte Kathy mich gerade verbessern, als *Diverses* in die zweite Runde ging.

»Ich möchte einen Antrag stellen, dass das Halten von Tauben ab *sofort* verboten wird!« Ein langer, nervös wirkender Mann um die fünfzig war aufgestanden und wedelte mit den Armen, als fühlte er sich sogar hier im Saal von den Biestern verfolgt. »Es ist ja so, dass der Halter nie da ist und ich diese, diese *Luft*ratten dauernd auf meinem Grundstück habe. Dieses Geflatter und Gegurre macht mich noch fix und fertig. Ganz zu schweigen von diesem, diesem …«

»Rumgescheiße!«, rief jemand am anderen Ende des Saales. »Jawohl! Recht hat er! Das ist widerlich!«

»Danke«, stammelte der Antragsteller. Er ließ sich auf seinen Stuhl fallen, als hätten ihm diese Sätze die letzte Kraft geraubt. »Vielen Dank …«

»Hast du das alles notiert?«, fragte ich grinsend. »Luftratten … Eine herrliche Metapher. Muss ich mir unbedingt für den nächsten Aufsatz merken.«

»Dir scheinen solche Versammlungen zu gefallen, oder?« Meine Freundin schrieb ihren Block voll, als hinge ihr Leben davon ab.

»Wenn du mich so fragst, ja«, sagte ich unvorsichtigerweise. »Man lernt bei solchen Veranstaltungen mal ganz andere Probleme kennen. Und freut sich gleichzeitig, dass man sich nicht selbst mit diesen Sachen herumärgern muss.«

»Wenn das so ist, habe ich was Schönes für dich!« Kathy klappte ihren Block zu und stand auf. »Demnächst ist der fünfte Jahrestag der *Aktiven Senioren*. Ich könnte mir vorstellen, dass du da voll auf deine Kosten kommst!«

Zu Hause warteten vier neue Mails auf uns: drei weitere Bewerbungen und eine stocksaure Nachricht von Gregor, der der Meinung war, dass wir verkrampfte und frustrierte Zicken waren, die man nur mal ordentlich … Na ja, eben das Übliche, wenn man Männern nicht die Aufmerksamkeit zukommen ließ, die sie sich erhofft hatten.

Eine Bewerbung kam von einer 24-jährigen Weberin, die auf den fantasievollen Namen Sanyavala hörte und dringend ein WG-Zimmer suchte.

Und warum gerade ich?, schrieb Sanyavala auf unsere Frage. *Ich bin ein optimistischer Mensch und verfüge über jede Menge kreative Energie und verbreite gute Schwingungen. Wollen wir uns nicht einfach mal kennenlernen?*

»Warum nicht?« Ich sah Kathy an, die, seit sie die Mail von Gregor gelesen hatte, äußerst grimmig dreinschaute. Aber sie nickte. »Klar, warum nicht? Jetzt haben wir schon gute Schwingungen und Bratkartoffeln im Angebot. Bin mal gespannt, was die Nächste zu bieten hat.«

Ich klickte auf die Mail einer gewissen Nicole:

Hallihallo, ich heiße Nicole, bin 22 und arbeite als Kosmetikerin.

»Oh Gott, wenn jemand schon *Hallihallo* schreibt«, murmelte ich.

»Aber Kosmetikerin ist im Prinzip nicht schlecht«, meinte Kathy, die Gesichtsbehandlungen liebte. »Was hat sie noch zu bieten?«

Wir lasen weiter und erfuhren, dass Nicole gerne kochte (jeden Abend!), kreative Hobbys hat und auch gerne bereit ist, ihre Mitbewohnerinnen mal kosmetisch zu verwöhnen, da sie einige neue Techniken noch etwas üben muss.

»Das mit dem kosmetischen Verwöhnen ist in meinen Augen ein großer Pluspunkt.« Kathy grinste selig. »Vielleicht kommst du dann auch mal auf den Geschmack!«

»Bewahre«, brummte ich. »Das ist so wie die klassische Einstiegsdroge! Wenn ich nicht mehr ohne kann und mein gesamtes Geld ins Kosmetikstudio getragen habe, stehe ich auf der Straße.«

»Vielleicht lässt du dir mal von deiner Mutter einen Gutschein schenken«, schlug meine Freundin vor.

»Bist du noch zu retten?!« Ich kicherte leicht hysterisch. »Das hätte einen ähnlichen Effekt, als würde ich ihr mitteilen, dass ich einen Ferienjob im Puff habe.«

»Wo wir fast wieder bei unserem Gregor wären«, lachte Kathy. »So, und nun die nächste Bewerberin!«

Schon die Betreffzeile war interessant:

Betr.: Hilfe!

Ich bin zwar erst 13, aber dafür kann ich euch genau erzählen, warum ihr mich in eure neue WG aufnehmen solltet: weil ich sonst verrückt werde!

Meine Eltern sind beide Lehrer, wissen immer alles besser und nerven mich rund um die Uhr. Und als wäre das nicht genug, habe ich auch noch einen voll nervigen kleinen Bruder, der mich jeden Tag zur Weißglut bringt, und meine Oma zieht bald zu uns.

Wenn ich noch länger in diesem Irrenhaus bleiben muss, kann ich für nichts mehr garantieren. Daher wäre es für alle besser, wenn ich zu euch ziehen könnte. Meine Oma könnte mein Zimmer haben und ich würde niemanden umbringen. BITTE, sagt mir bald, ob ihr einverstanden seid! Ich würde auch jeden Tag spülen!

Liebe Grüße
Paula.

»Oh, das tut mir aber leid«, murmelte Kathy. »Vielleicht kann Francesca sie unter ihre Fittiche nehmen?«

»Die wird sich bedanken! Lass mal, ich schreibe ihr gleich eine nette Antwort«, sagte ich. »Soll ich die anderen für Sonntagnachmittag einladen? Dann müssten wir mit dem Gröbsten vom Umzug fertig sein, oder?«

Kathy nickte. »Okay. Und ich rufe Anso mal an und frage, ob sie dann Zeit hat. Aber bestell die Damen bitte im Halbstundentakt. Alle auf einmal wäre ein bisschen heavy!«

Als Kathy gegangen war, sah ich, dass soeben eine weitere Mail eingegangen war. Von Tom. Auch dabei ging es im weitesten Sinne um eine Bewerbung. Und zwar um eine Verabredung.

Verdammt! Ich war fest der Meinung gewesen, dass er der Vergangenheit angehörte, aber als ich diese lieben Zeilen las, war ich mir da gar nicht mehr so sicher. Sollte ich oder sollte ich lieber nicht?

Kann man irgendwo Durchblick kaufen? Und wenn ja, ist das teuer?

Und wennschon, ich bräuchte dringend ein paar Pfund von dem Zeug, damit ich wieder etwas klarer denken kann. Nach der Mail von Tom hatte ich nichts Besseres zu tun, als die ganze Nacht von dem Typ zu träumen. Nicht, dass das irgendwie unangenehm gewesen war, nicht im Geringsten! Das war ja das Schlimme! Im Traum hatte Tom den perfekten Mann gemimt. Er hatte mich auf Händen getragen, war ganz monogam. Nur im Bett war es wie immer gewesen: himmlisch …

»Emma! Pass bitte auf!«

Zu spät. Das potthässliche Aquarell der Konradikirche, das ich mir in den vergangenen Monaten bei jeder Treppenbenutzung hatte anschauen müssen, knallte auf die Stufen und Glas und Rahmen zersprangen in zig Stücke.

Oh Mann, dieser Freitag hatte es wirklich in sich …

Aber wie gesagt, kein Wunder. Meine Horoskope waren sich ausnahmsweise auch einig gewesen: *Sie finden nicht den rechten Zugang und vergreifen sich auch schon mal im Ton. Die Stimmung ist gereizt.*

»Ja, sind Sie denn ganz des Wahnsinns?« Frau Riemann fasste sich mit beiden Händen ans Herz und sah mit schreckgeweiteten Augen zu, wie wir die breite Matratze durch das enge Treppenhaus bugsierten. »Wissen Sie denn überhaupt, wie wertvoll dieses Gemälde ist?«

Nein, tut mir leid. Das hat mein Horoskop nicht verraten.

Ich fischte das Blatt aus den Scherben, klopfte es vorsichtig ab und drückte es der Krampfschnalle in die Hand. »Sehen Sie? Nichts passiert«, sagte ich. »Nächste Woche bekommen Sie einen neuen Rahmen von mir.«

»Das ziehe ich Ihnen sofort von der Kaution ab!«, keifte Frau Doktor. »Und ich möchte auch gar nicht wissen, wozu eine *Schülerin* eine solch breite Matratze braucht!« Sie betonte das Wort, als wäre man als Schulbesucher automatisch Mitglied einer strengen und spaßfeindlichen Sekte.

»Das wissen Sie doch schon längst«, konterte ich. »Auf der einen Seite schlafe ich und auf der anderen schlafen abwechselnd Sodom und Gomorrha. Man könnte glauben, Sie hören uns nie zu!«

Und weg waren wir.

»Ist das jetzt alles?«

Ich nickte. Wir konnten die Matratze gerade noch über die vielen Kartons schieben und ich beglückwünschte Jonas' Bruder in Gedanken zum Kauf dieses genialen Busses. Alt und klapprig, aber sehr geräumig. »Ja, wir müssen nur noch mal herkommen, um die Zimmer zu kehren und die letzten Sachen mit Madame zu regeln. Dann sind wir endlich frei!« Ich nahm die Schreibtischlampe, die noch auf dem Gehsteig stand, und stieg zu Jonas ins Auto. »Auf in die Friedrichstraße!«

Der Gehsteig vor unserem Haus war komplett zugestellt: Kartons in allen Größen, zerlegte Bücherregale, Zimmerpflanzen, Mülltüten mit Klamotten und Bettwäsche sowie ein Lattenrost standen kreuz und quer vor der Haustür und Kathy stand, sich die Haare raufend, dazwischen.

»Ich werde gleich wahnsinnig«, stöhnte sie.

»Aber warum denn?« Ein nett aussehender Typ mit einem blonden Stoppelschnitt und großen brauen Augen tauchte in der Haustür auf und ging auf meine Freundin zu. »Es läuft doch bisher ganz prima, oder?« Er strich ihr kurz über die Schulter, dann ging er auf Jonas und mich zu. »Hi, ich bin Dominik«, sagte er. »Ich arbeite mit Kathy in der Redaktion zusammen.«

»Ah, Kathy hat schon mal von dir erzählt«, sagte ich.

»Hoffentlich nur Gutes!« Dominik schnitt eine Grimasse. Dann schnappte er sich die große Yuccapalme und verschwand wieder ins Treppenhaus.

»Nett«, sagte ich zu Kathy. »Und toll, dass er extra zum Helfen herkommt.«

»Ja, aber sehr anhänglich«, seufzte sie. »Und wirklich nicht mein Typ.«

»Muss ja nicht jeder gleich dein Typ sein, oder? Ist Anso schon gelandet?«

»Ist sie!« Unsere Freundin kam just in diesem Moment aus dem Haus. »Und dank unserer hinreißenden Nachbarn ist mein ganzer Kram auch schon oben.« Sie linste neugierig in den VW-Bus. »Ist das alles, da drin?«

Ich wollte gerade zur einer Erklärung ausholen, als ein Schönling, schätzungsweise Mitte zwanzig, mit seinem Fahrrad neben uns zum Stehen kam und uns neugierig ansah. Er war schlank, hatte kurze dunkle Locken und sah in seiner schwarzen Jeans zugegebenermaßen recht knackig aus.

»Sagt bloß, es gibt hier bald eine neue WG!«

»Holla!«, murmelte Kathy. Sie musterte ihn mit großem Interesse.

»Stimmt genau«, sagte ich. »Wohnst du wohl auch hier?«

»Drüben in der 49«, sagte er und zeigte auf das Haus schräg gegenüber. »Und ich bin mir sicher, dass es euch hier in der Straße gefallen wird!«

»Das glaube ich auch!« Kathy streckte ihm strahlend die Hand entgegen.

Wir machten uns reihum miteinander bekannt und erfuhren,

dass der hübsche Kevin Architektur studierte, was ihn gerade sehr stresste.

»Aber heute Nachmittag habe ich frei«, sagte er und lehnte sein Mountainbike an die Wand. »Wenn ich euch also helfen kann, sagt mir, was ich machen soll!«

»Das wäre genial!« Kathy zeigte mit dramatischer Geste um sich. »Der ganze Kram hier muss in den zweiten Stock gebracht werden!«

»Wenn es sonst nichts ist!« Kevin lächelte sie an und schnappte sich sogleich einen Stapel Regalbretter. »Bin schon unterwegs!«

»Mmmh, ist der nicht süß?« Kathy klimperte mit den Wimpern. Dann klemmte sie sich die restlichen Bretter unter den Arm und folgte Kevin nach oben.

»Oh, oh!« Anso sah mich vielsagend an. »Sieht ganz danach aus, als hätte sich unsere liebe Freundin auf der Stelle verknallt.«

Ich nickte. »Armer Dominik …«

Nach den ersten Bohrversuchen in meinem Zimmer fiel mir Max' Rat wieder ein, bloß den kleinsten Bohrer zu verwenden. Aber dafür war es in diesem Fall leider zu spät. Einmal angesetzt und schon hatte ich ein großes Loch in der Wand.

»Hat jemand zufällig Spachtelmasse besorgt?«, fragte ich.

Kopfschütteln.

»Na, dann frage ich mal nebenan«, sagte ich und klingelte bei den Nachbarn. Jürgen steckte seinen Kopf durch die Tür und konnte sich im ersten Moment anscheinend nicht an mich erinnern.

»Ich bin Emma«, sagte ich freundlich. »Wir ziehen gerade hier ein!« Ich zeigte auf die offene Wohnungstür im Treppenhaus. »Ich wollte nur mal fragen, ob ihr zufällig Spachtelmasse habt, weil die Wände ziemlich bröseln.«

Jürgen zog die Stirn kraus. »Du weißt hoffentlich, dass das Zeug total giftig ist.«

»Giftig? Das ist doch nur irgendeine Gipsmischung, oder?«

Er schüttelte den Kopf. »Es soll Allergien auslösen!«

»Ich glaube, ich habe da keine Probleme«, sagte ich locker. »Also, habt ihr so was oder muss ich noch los in den Baumarkt?«

Jürgen gab sich geschlagen und ein paar Minuten später gipste ich fröhlich an der Wand herum. Schien wirklich nicht einfach mit dem Typen zu sein …

»Um Himmels willen!«, rief Anso, als sie die Hängeschränke, die über der Spüle hingen, aufmachte. »Wer hat *die* denn eingeräumt? Und nach welchem Ordnungsprinzip?«

»Sieht ganz nach Kathy aus«, sagte ich, als ich das Chaos sah. »Sie hält nichts von traditionellen Aufteilungen.«

»Da wird sie mich aber kennenlernen!«, schnaufte Anso. »Kannst du mir sagen, welchen Zweck es hat, diese Pfanne neben den Tassen hinzustellen? Und den Mixer in der Salatschleuder zu verstecken?« Sie stieg auf einen Stuhl. »Es reicht mir schon, dass ich mit dem Chaos auf der Arbeit leben muss. Da hätte ich daheim gerne einen Hauch von Ordnung!« Sagte es und fing an, die Schränke wieder auszuräumen.

»Soll ich dir vielleicht helfen?«, fragte ich, beeindruckt von so viel Tatkraft, aber Anso schüttelte den Kopf. »Danke, das mache ich lieber alleine.«

Nun steckte Kathy ihren Kopf durch die Tür. »Falls ihr mich sucht, ich bin mal kurz mit Kevin drüben in seiner Wohnung. Er hat noch ein interessantes PC-Programm für mich.« Nun sah sie, was Anso machte.

»He, was machst du da?«, rief sie entsetzt. »Das habe ich doch alles schon eingeräumt!«

»Träum weiter!« Anso sah sie grimmig an. »Ich versuche hier lediglich ein bisschen System reinzubekommen.«

Kathy schüttelte den Kopf. »Wie spießig …«

Gegen fünf waren alle Kisten und Möbel auf die jeweiligen Zimmer verteilt und wir hatten schon eine Menge Bohrlöcher kunstvoll zugegipst.

»Bin mal gespannt, wie lange das Kräuterregal halten wird«, sagte Anso und schenkte uns frischen Kaffee ein. »So ganz traue ich diesem Spachtelzeugs nicht!«

»Ich gehe dann mal wieder«, sagte Dominik, während er auf die Uhr schaute. »Ich muss noch in die Redaktion, um ein paar Artikel zu redigieren.«

»Jedenfalls tausend Dank, dass du uns geholfen hast«, sagte ich, während ich Kathy, die völlig in ein Gespräch mit Kevin vertieft war, unsanft anstupste. »Oder? War echt super!«

»Ja, wirklich!«, sagte unsere Freundin schnell. »Vielen Dank. Wir sehen uns in der Redaktion!« Und schon hing sie wieder an den Lippen ihrer neuen Flamme, der ihr von den architektonischen Besonderheiten Barcelonas erzählte.

Dominik machte einen richtig geknickten Eindruck und ich begleitete ihn noch zur Tür.

»Kopf hoch«, sagte ich. »Du kennst Kathy ja. Immer ein bisschen chaotisch drauf. Und wenn ihr jemand was von Barcelona erzählen kann, ist sie hin und weg. Ihre absolute Lieblingsstadt!«

Dominik nickte, aber es war klar, dass ich ihn mit meinen Bemerkungen kein bisschen aufmuntern konnte.

»Und nicht vergessen«, machte ich einen neuen Anlauf. »Morgen in einer Woche feiern wir unsere Einweihungsfete. Und wehe, du tauchst nicht auf!«

»Wenn ich eingeladen bin, komme ich gerne«, sagte er. Dann schlurfte er mit hängenden Schultern die Treppe hinunter.

Kathy schien von alledem gar nichts mitbekommen zu haben. Als ich in die Küche zurückkam, war sie schon mit Kevin in ihrem neuen Zimmer verschwunden.

»Kevin schließt ihr den PC an«, sagte Anso und verdrehte dabei derart die Augen, dass ich lachen musste. »Also, könnte unsere kleine Kathy das nicht selber ...«

Allerdings. Unsere Freundin Kathy war ein Ass, wenn es um Computer ging, und sie war die Letzte, die Nachhilfe beim Einstöpseln von irgendwelchen Steckern brauchte.

»Irgendeine Ausrede braucht man ja«, sagte ich. »Und was ist mit dir? War Christian vorhin auch bei den willigen Helfern dabei?«

Sie schüttelte den Kopf. »Der hatte leider in der Schule zu tun. Aber ich habe von Max erfahren, dass mein Zimmer direkt an seines anschließt.«

»Oh Gott, wie romantisch!« Jetzt war ich an der Reihe, die Augen zu verdrehen. »Dann könnt ihr euch nachts immer Klopfzeichen geben ...«

Anso streckte mir die Zunge raus. »Und wennschon!«

Sollte man seine Exfreunde katalogisieren? Und wenn ja, nach welchen Kriterien?

Nach Dauer der Beziehung? Nach ihrem Aussehen? Nach ihren Qualitäten im Bett? Oder nach der Tränenmenge, die man bei der Trennung vergossen hatte?

Der Umzug hatte mich bisher fabelhaft von dem Thema *Tom* abgelenkt, aber allmählich ließ die Wirkung nach. Spätestens als ich anfing, mein Bett zusammenzubauen, landeten meine Gedanken wieder beim Thema *Männer*.

Und bei Tom.

Es war schon nicht einfach, mit zwei verknallten Freundinnen umzugehen, aber wenn ich ehrlich war, saß ich selber auch mal wieder auf dem Schleudersitz und wusste nicht so recht, ob ich auf den Knopf drücken oder es lieber lassen sollte. Ich hatte zwar noch nicht auf Toms Mail reagiert, aber …

Stimmt nicht, Emma, plärrte die Stimme in meinem Kopf. Du hast *Melde mich bald, bin gerade im Umzugsstress* geantwortet!

Okay, ich hatte zwar *fast nicht* geantwortet, aber wenn ich jetzt, in dieser hormongeschwängerten Atmosphäre, an ihn dachte, bekam ich spontan Lust auf etwas, das ich sonst eigentlich ablehnte: einen gepflegten One-Night-Stand.

Obwohl das mit Tom theoretisch gar nicht mehr möglich wäre. Immerhin hatten wir schon eine Menge *nights* hinter uns. Wie auch immer, mir war nach gutem Sex. Ohne weitere Verpflichtungen. Das war ja wohl keine Sünde, oder? Und wenn doch, auch egal. Ich schraubte und grübelte weiter vor mich hin, und nachdem ich ausgerechnet hatte, wie lange ich schon wieder solo war, fragte ich mich, ob ich am Ende gar beziehungsunfähig war. Konnte man so etwas von seinen Eltern erben?

Bleib mal ganz cool, Emma. Es ist ja nicht so, dass du schon auf 187 verkorkste Affären zurückblickst und seit drei Jahren auf dem Trockenen sitzt. Wirklich nicht.

Ich rollte rückwärts auf die Matratze und ließ die Typen, mit denen ich bisher was hatte, Revue passieren.

Mit 14 hatte ich mich tierisch in einen gewissen Sven verknallt. Und er sich in mich. Am Anfang war es toll gewesen, aber nach einem halben Jahr wurde der Typ so eifersüchtig, dass er mir schon eine Szene machte, wenn ich jemand anders nur von der Seite ansah. Das Ende war dramatisch: Heulszenen vor meinem Zimmerfenster, schriftliche Treueschwüre seinerseits und ein schrecklich schlechtes Gewissen meinerseits. Danach hielt ich mich eine Zeit lang konsequent aus dem Liebesgeschäft heraus.

Bis Ralf kam. Ralf eroberte mich im Sturm, war süß, schrieb Gedichte und ich hatte endlich das Gefühl, dass ich einen Freund gefunden hatte, der mich verstand. Leider hatte er schreckliche Komplexe und wollte nur im Stockdunkeln mit mir schmusen. Als ich mir dann eines Abends im Dunkeln den Knöchel derart verknackste, dass ich in die Notaufnahme musste, wurde mir klar, dass auch Ralf einen schrecklichen Knacks hatte und es nicht *meine* Lebensaufgabe war, dies zu ändern.

Mein Knöchel erholte sich wieder, es wurde Frühling und ich verliebte mich in Markus. Markus war um einiges älter und erfahrener als ich und brachte mir eine Menge nützlicher Dinge bei, vor allem auf der Bettebene. Leider entwickelte Markus mit der Zeit ganz viele *Unverträglichkeiten.* Keine Allergien, nein, Unverträglichkeiten. Und davon jede Menge. Und am Ende konnte er fast über nichts anderes mehr sprechen. So kam es, dass ich auch bald eine Unverträglichkeit entwickelte: Markus gegenüber.

Auf einer Maifeier lernte ich dann Heiko kennen. Ich war mittlerweile 17, er war 18 und stand kurz vor dem Abi. Eine Zeit lang schwebten wir auf einer rosa Wolke, bis er kurz nach den Prüfungen anfing, mir die Ohren vollzujammern, weil er nicht wusste, was er studieren sollte. Das ging mir wirklich auf den Senkel. Außerdem war er eine ziemliche Niete im Bett. Wildes Gefummel ohne Sinn und Verstand und ich wartete jedes Mal darauf, dass er »Erster!« rufen würde …

Na ja, und dann kam Tom.

Ich seufzte tief. Irgendwie tat ich mir gerade schrecklich leid. Und überhaupt: War ich nun beziehungsunfähig oder war ich es nicht?

Plötzlich fiel mir was ein: In einem Magazin gab es kürzlich einen Test zu diesem Thema unter dem Titel »Und wie verkorkst bist du?«.

Schnell wühlte ich in einer der Kisten mit Büchern und Zeitschriften und schon hatte ich es in der Hand. Jetzt noch einen Stift und es konnte losgehen.

Wie erzählst du deinem Partner von deinen letzten Beziehungen?

a) Welche Beziehungen? 1 Punkt
b) Welche letzten Beziehungen? Ach so, *die* Sache … 3 Punkte
c) Ich fertige ausführliche Persönlichkeitsprofile an und erläutere, wie jede einzelne Beziehung mich zu dem gemacht hat, was ich heute bin. 5 Punkte
d) Ich zeige ihm die Fahndungsfotos und Zeitungsausschnitte ihrer Verhaftungen. 7 Punkte

Ich kaute am Ende meines Kugelschreibers und stellte fest, dass ich zu c) neigte, obwohl Sven sich einmal so aufgeführt hatte, dass mein Vater ihm mit der Polizei gedroht hatte. Aber reichte das für d)? Wohl kaum. Also fünf Punkte.

Wie enden deine Beziehungen üblicherweise?

a) Mit Schreien, Schlägen, großkalibrigen Schusswaffen und einstweiligen Verfügungen! — 7 Punkte

b) Das geht euch nichts an. — 1 Punkt

c) Mal so, mal so. Keine Ahnung, ob es da ein Muster gibt. — 3 Punkte

d) Meistens mit der Erkenntnis, dass die Basis für Vertrauen fehlt. Oft auch zu unterschiedliche Interessen. In letzter Zeit waren auch Eifersuchtsszenen und starke Abhängigkeitsverhältnisse Trennungsgründe, die sich … — 5 Punkte

Ich hatte mich gerade für d) entschieden, als Kathy zur Tür reinschaute.

»Sag bloß, du machst Hausaufgaben«, sagte sie.

»Nö, ich lese nur ein bisschen«, sagte ich, während ich den Stift hinter mein linkes Ohr schob und schnell die Zeitschrift zuklappte.

»Und seit wann liest du mit Stift?« Meine Freundin schien noch nicht ganz blind vor Liebe zu sein. »Hm?«

»Ich habe nur so ’n Test gemacht«, sagte ich und schob die Zeitschrift weit weg. »Aber jetzt muss ich endlich mal mein Bett aufbauen, sonst kann ich mich heute Nacht in der Badewanne zusammenrollen.«

»Was für einen Test?« Wenn Kathy Witterung aufgenommen hatte, war es unmöglich, sie abzulenken.

»Nichts Besonderes.« Ich stand auf und stemmte das Kopfteil meines Bettes hoch. »Kannst du das mal eben halten?«

»Hast du etwa das Gefühl, *beziehungsgeschädigt* zu sein?« Sie hatte den Test gefunden und sprach das Wort aus, als würde es sich um eine eklig nässende Hautkrankheit handeln, die man nur schwer wieder loswird. »Das ist nicht dein Ernst, oder?«

Ich zuckte die Schultern. »Geht bestimmt vorbei«, sagte ich. »Was ist? Hilfst du mir jetzt oder nicht?«

Endlich stand meine Freundin auf und tat wie geheißen. »Kleine Krise?«

Ich nickte. »Mittelgroße Krise. Jeder hier lernt tolle Leute kennen, nur ich erwische die Idioten«, sagte ich, während ich den Inbusschlüssel ansetzte. »Oder ich laufe meinem Ex über den Weg und verhalte mich wie ein Trottel.«

»Gibt es da irgendwas, das ich wissen sollte?« Kathy sah mich durchdringend an.

»Wie meinst du?«

»Hast du dich etwa wieder mit ihm verabredet?« Kathys Blick verschärfte sich um weitere fünf Punkte. »Du weißt doch …«

»Nein, seht's doch endlich mal, wie es ist«, unterbrach ich sie und schraubte, als würde mein Leben davon abhängen. »Anso und du, ihr habt es immer viel leichter als ich. Ihr geht irgendwohin und *paff* steht Mister Right vor euch.« Ich nahm mir das nächste Teil vor. »Oder, wie in deinem Fall, kommt der hübsche Märchenprinz auf einem roten Mountainbike dahergefahren. Früher kamen solche Herren auf ihrem Pferd angeritten, aber Zeiten und Fortbewegungsmittel ändern sich eben!«

»Wer sagt denn, dass Kevin ein Märchenprinz ist!« Kathy beugte sich zu mir vor. »Also, was ist mit Tom?«

»Na ja, immerhin ist es doch möglich, dass Kevin sich als solcher entpuppt.« Auch ich konnte verdammt stur sein, wenn ich wollte.

»Ja, okay. Aber du lernst auch bestimmt bald wieder jemanden kennen.«

»Klar«, seufzte ich. »Wer es glaubt, wird selig. So, jetzt noch die Matratze, dann haben wir es.«

Als mein Bett endlich an der richtigen Stelle stand, setzte Kathy sich und zog mich ebenfalls aufs Bett. »Wie auch immer. *Bezie-*

hungs-un-fähig bist du ganz bestimmt nicht!« Um die einzelnen Silben zu betonen, haute sie im Takt auf mein Kopfkissen.

»Aber was ist es dann?« Ich rollte mich auf die Seite und stützte meinen Kopf auf. »Es ist ja nicht so, dass ich nur Typen akzeptiere, die aussehen wie Johnny Depp. Hauptsache, er ist ein netter, offener, nicht gerade knallhässlicher, intelligenter Kerl, der auch noch ein bisschen Humor hat. Aber vielleicht bin ich viel zu romantisch veranlagt. Oder zu idealistisch?«

»Hast du dich jetzt mit Tom verabredet oder nicht?«

So stellte ich mir ein Verhör beim FBI vor …

»Er hat mir gemailt und ich habe ganz freibleibend geantwortet«, gab ich widerwillig zu.

»Freibleibend. Aha. Kann es sein, dass du ihm noch ausführlicher antworten wirst?«

Ich zuckte die Schultern. »Kann schon passieren, oder? Dass man mal wieder eine schöne Nacht erleben möchte.«

In diesem Moment erreichte Kathys Blick Röntgenqualität. »Emma, du kannst in die Kiste springen mit wem auch immer, aber nicht mit diesem emotional verarmten Heuler! Ist das klar?«

»Es wäre doch nur Sex und …«

»Du weißt doch genau, wie du gestrickt bist«, rief Kathy. »Du glaubst an die große Liebe und an Romantik. Du magst Kerzenlicht und Schmusejazz.«

Das stimmte.

»Und bei diesem Kerl kriegst du Techno und eine Stehnummer im Flur vor den Toiletten.«

»Vielleicht hat er sich ja geändert?«

»Eher fällt der Papst vom Glauben ab, als dass Tom in irgendeiner Weise monogam wird, Emma. Vergiss ihn!« Kathy sah mich grimmig an. »Kauf dir meinetwegen eine Familienpackung Schokoküsse, aber merke dir: Hände weg von Tom!«

»Ist das ein Befehl?«

Sie nickte. »Du hast es erfasst. Du weißt, dass Anso und ich jederzeit für dich da sind, egal, wie groß die Krise auch sein mag, aber eine Neuauflage von diesem Drama verkrafte ich nicht! Echt nicht!«

Jetzt wo sie die Sache so deutlich beim Namen nannte, hatte ich die Erinnerungen an diese Zeit sofort wieder parat: Nach der ersten durchweinten Nacht war ich nur noch wie ein Schatten durch die Gegend geschlichen und meine Freundinnen waren mir nicht von der Seite gewichen. Kathy hatte recht: Ich sollte den Typen zum Teufel schicken. Egal, welche Register er noch ziehen würde.

»Vielleicht finden mich alle Typen auch einfach nur zu fett. «Ich klopfte mir auf den Bauch.

»Liebste Emma, nur weil du nicht wie ein Mitglied der *Anonymen Hungerhaken* aussiehst, heißt das noch lange nicht, dass du zu fett bist. Kapiert?« Kathy setzte sich auf. »Apropos essen: Wir müssen los. Francesca hat uns um sieben in die Pizzeria eingeladen und es ist schon fünf vor.« An der Zimmertür drehte sie sich noch einmal zu mir. »Also, nicht vergessen: Finger weg von diesem Kerl!«

Wir konnten von Glück sprechen, dass Francesca uns einen Tisch reserviert hatte, denn im Lokal gab es fast kein Durchkommen mehr.

»Ah, bene!«, rief sie, als sie uns sah. »Ich hoffe, ihr habte große Hunger!« Sie begrüßte uns wie ihre verloren geglaubten Töchter und schob uns an einen kleinen runden Tisch in der Nähe der Theke. »Salat und Pizza iste gut?«

Wir nickten begeistert und ich hatte zum ersten Mal an diesem Tag das Gefühl, mich so richtig entspannen zu können.

Francesca stellte uns eine Karaffe Rotwein und eine große Flasche Mineralwasser hin und mit dem Versprechen »Essen iste gleich fertig!« rauschte sie wieder davon.

»Sagt mal, ist das nicht der schöne Christian da vorne?« Ich zeigte unauffällig auf einen kleinen Tisch am anderen Ende des Lokals.

Anso spähte in die Richtung und ihr Gesicht verdüsterte sich sofort. »Ja. Zusammen mit einer Frau.« Sie nahm einen großen Schluck Wein.

»Vielleicht jemand aus seiner Schule?« Kathy hatte heute, bis auf den Moment, in dem sie mir Tom-technisch den Kopf gewaschen hatte, eindeutig die Kategorie *positiv denken* abonniert.

»Warum gehst du nicht einfach aufs Klo und sagst unverbindlich Hallo«, schlug ich vor. »Dann siehst du ja, wie er reagiert, und kannst abschätzen, ob er was mit der hat oder nicht.«

»Gute Idee«, fand Anso und machte sich sofort auf den Weg.

Pünktlich zur Pizza war sie wieder da. »Entwarnung!«, trällerte sie fröhlich. »Es ist bloß eine Kollegin von der Schule, mit der er heute Nachmittag etwas vorbereitet hat.« Sie schaufelte sich eine große Portion Salat auf den Teller. »Ich habe ihm gleich Bescheid gesagt, dass wir am nächsten Samstag Einweihung feiern, und er hat versprochen zu kommen!«

»Hoffentlich haben wir bis dahin zwei Mitbewohnerinnen«, sagte ich. »Sonst sieht es schlecht aus mit Einweihung.«

»Wir können es ja auch einfach anders nennen«, sagte Kathy mit vollem Mund. »Eingewöhnungsfeier oder so.« Es klang wie »Ionwoiungfeuero«.

»Jetzt erzähl doch mal von Kevin«, schlug Anso vor. »Wie ist er denn so?«

»Hübsch«, sagte Kathy und machte sich über das nächste Pizzastück her.

»Das haben wir ja selber gesehen«, sagte Anso. »Geht es vielleicht etwas genauer?«

Unsere Freundin kaute und dachte nach. »Er kennt sich ganz toll in Barcelona aus!«

Oje, es hatte sie wirklich erwischt.

Anso trommelte ungeduldig mit der rechten Hand auf den Tisch. »Und sonst? Ich meine, außer dass er süß und goldig und hinreißend ist?«

»Ich wette, dass er gut küsst«, war alles, was Kathy dazu noch einfiel.

Ich fegte mit einem Stück Weißbrot meinen Teller leer und seufzte. Es war wirklich anstrengend, verknallte Freundinnen zu haben …

»Du, Emma! Emma!«

Es dauerte eine ganze Weile, bis ich so weit wach war, dass ich wusste, wo ich war und wer bei mir auf der Bettkante saß.

»Anso …« Ich rieb mir die Augen und versuchte wach zu werden. »Was ist denn? Kannst du in deinem neuen Zimmer nicht schlafen?«

»Rutsch mal«, war alles, was sie herausbrachte.

Ich knipste die Nachttischlampe an und sah, wie spät es war. Halb zwei.

»Hast du schlecht geträumt?«, versuchte ich sie zum Reden zu bringen. »Oder tut dir etwas weh?«

»Ja, mein Herz«, sagte sie und starrte an die Decke. »Aber zum Glück nicht allzu sehr.«

Ich verstand nur Bahnhof.

»Christian ist immer noch mit der Kollegin am Arbeiten«, brummte sie. »Man könnte glauben, sie bereiten den Biounterricht für das ganze Schuljahr vor!«

Ich schüttelte den Kopf. »Um halb zwei?«

»Praktische Übungen haben um diese Zeit durchaus ihren Reiz!«

Plötzlich fiel bei mir der Groschen. »Oh Gott. Ist die Wand so dünn?«

»Welche Wand?«, fragte Anso. »Ich hatte das Gefühl, direkt neben denen im Bett zu liegen.« Sie haute sich an die Stirn. »Dabei hatte Max mich noch extra gewarnt! Aber nein, die kleine Anne-Sophie war der festen Meinung, dass Christian sie bestimmt absolut hinreißend finden würde.«

»Willst du heute Nacht hier schlafen?«, fragte ich.

»Bitte, ja«, sagte sie. »Und morgen ziehe ich in ein anderes Zimmer. Auf erotische Hörspiele kann ich verzichten!«

Warum kommt es denn bloß immer anders, als man denkt?

»Habt ihr euch mal Gedanken gemacht, wie wir die Besichtigungssache heute Nachmittag aufziehen wollen?« Ich angelte mir ein Brötchen aus der Bäckertüte und sah meine Freundinnen erwartungsvoll an. »Ich meine, wollen wir ihnen zuerst die Wohnung zeigen oder uns zuerst mit ihnen unterhalten?«

»Vielleicht sollten wir erst mal ein bisschen aufräumen«, schlug Anso vor. »Unsere Zimmer sehen zwar schon ganz passabel aus, aber überall liegt noch Kram herum. Den könnten wir ja so lange in die Abstellkammer packen.«

Ich nickte. Am gestrigen Samstag hatten wir echt viel geschafft, aber im Flur sah es aus, als wäre eine Bombe eingeschlagen.

»Aber wir sollten es nicht übertreiben«, fand Kathy, die Ansos Ordnungssinn skeptisch gegenüberstand. »Nicht, dass die denken, wir sind ultra-ober-ordentlich drauf und kriegen die Krise, wenn sie merken, dass wir genau das nicht sind!« Sie hatte ein kleines Radio vor sich stehen und versuchte, einen vernünftigen Sender reinzubekommen. »Dann können wir nämlich wieder bei null anfangen mit unserer Suche!« Im nächsten Moment sang Joe Cocker *You can leave your hat on!* Zufrieden stellte sie das Teil auf die Anrichte und schnippte mit den Fingern zur Musik. »Ansonsten wäre ich für die Reihenfolge: erst Wohnung zeigen, dann quatschen.«

Anso sah sich die Liste mit den Bewerberinnen noch mal an. »Um zwei kommt diese Weberin, um Viertel vor drei Nicole und Judith um halb vier.« Sie sah auf die Uhr. »Bleiben also noch genau zwei Stunden, um die Bude einigermaßen aufzuräumen.«

»Aber nur unter einer Bedingung«, sagte ich und zeigte auf Kathys Radio. Joe Cocker hatte zu Ende gesungen und Xavier Naidoo sülzte ein Lied, bei dem ich jedes Mal Pickel bekam: *Dieser Weg wird kein leichter sein. Dieser Weg wird steinig und schwer.* »Wir legen eine fetzige CD dazu auf, denn dieser Kerl bringt mich mit seinem Gejaule noch frühzeitig ins Grab!«

Sanyavala, die Weberin, stand überpünktlich auf der Matte und begrüßte uns mit einem etwas gewöhnungsbedürftigen »Einen friedlichen Tag euch schönen Frauen. Ich bin Sanyavala!« Dann drückte sie jeder von uns eine rote Dahlie in die Hand und mit den Worten »Die Dahlie ist die Blume der Geburt und der Erneuerung!« ging sie weiter und blieb mitten im Flur stehen.

Dort schüttelte sie ihre langen dunklen Haare, stellte ihre bunte Tasche ab und hob beide Hände.

»Gütiger Gott!«, sagte Anso leise und schüttelte den Kopf. »Was soll das denn werden, wenn's fertig ist?«

Diese Frau scheint 'ne Schwierige, diese Frau, die passt nicht hier her, ging es mir in ätzender Xavier-Naidoo-Art durch den Kopf. Verdammt, ich brauchte dieses nervtötende Lied nur ein einziges Mal zu hören, schon hatte es sich in meinen Hirnwindungen festgesetzt.

Der neue Text passte aber wie die Faust aufs Auge, denn staunend sahen wir, wie die Weberin sich nun im Schneidersitz auf dem Boden niederließ und anfing zu summen.

»Alles in Ordnung?«, fragte Kathy.

Sanyavala schüttelte den Kopf. »Hier ist ein schwarzer Strom im Haus«, sagte sie leise. »Merkt ihr es auch?«

»Wir haben ein *was* im Haus?« Anso hatte ihre Erneuerungsdahlie auf den Schuhschrank gelegt und stellte sich vor Sanyavala hin. »Ich habe keine Ahnung, was du meinst.«

»Ein schwarzer Strom ist ein unterirdischer Energiefluss, der eine sehr schädliche Wirkung auf den Menschen haben kann«, säuselte unsere Bewerberin. »Nicht jede von uns kann die Schwingungen von Mutter Erde erspüren, aber ich bin da sehr sensibel.« Dann summte sie weiter.

»Möchtest du vielleicht einen Kaffee?«, fragte ich. Dieses Getue ging mir ziemlich auf den Keks. »Espresso hätten wir auch.«

»Also, Koffein geht schon mal gar nicht.« Sie sah mich bedauernd an. »Das ist das reinste Körpergift.« Sie raffte ihren langen, sicherlich selbst gewebten Rock zusammen und stand auf. »Und wir müssen unbedingt etwas mit diesem langen Flur machen. So wie es jetzt ist, kann das *Chi* nicht richtig fließen und wir haben *ganz* schlechte Energieverhältnisse!«

Wir?! »*Diese Frau bleibt nicht lange hier, denn ich schmeiße sie gleich wieder raus*«, summte ich zur Naidoo-Melodie vor mich hin.

»Was hast du gesagt?«, fragte Kathy.

»Später«, sagte ich und ging in die Küche. »Gibt es denn zufällig auch irgendwas, das du ohne große Risiken zu dir nehmen kannst?«

»Du, lass mal«, sagte Sanyavala gönnerhaft. »Ich brauch gerade wirklich nichts.« Sie blieb in der Küchentür stehen und sah sich interessiert um. Plötzlich ging sie auf unser Küchenregal zu und zeigte mit einem spitzen Finger auf ein Glas mit Brühwürfeln. »Esst ihr etwa *so was*?«

Als hätte das Regal gehört, dass man schlecht darüber sprach, gab es ein leises Knirschen in der Wand von sich und im nächsten Augenblick krachte es zu Boden.

»Aaah!«, schrie Kathy.

»Scheißdübel!«, brüllte Anso.

»Der schwarze Strom!«, rief die Weberin und ruderte mit den Armen. »Ich sage es euch doch, es ist ein schwarzer Strom in diesem Haus!« Sie rannte in den Flur. »Also, dieses Haus, das …«, stammelte sie.

»Geht schon mal gar nicht!«, sagten Kathy und ich wie aus einem Mund. »Wiederschen!«

Als sie die Tür hinter sich ins Schloss gezogen hatte, saßen wir kichernd mit unseren Kaffeetassen am Küchentisch.

»Sonst noch jemand Giftstoffe?«, fragte ich, als ich mir nachschenkte.

»Bitte ja! Aber mit viel Industriezucker«, sagte Kathy. »Sonst geht das schon mal gar nicht!«

Gegen halb fünf saßen wir wieder dort, allerdings war die Stimmung ziemlich gekippt.

»Tja, das war's dann wohl«, seufzte Kathy. »Jetzt können wir sehen, wie wir die Wohnung finanzieren …«

»Ganz ruhig«, sagte Anso. »Wir werden schon noch eine Lösung finden!«

Fragte sich nur, wann. Nicole hatte sich als naives, zartes Wesen entpuppt, das nur ein Ziel im Kopf hatte: so schnell wie möglich ihren Verlobten zu heiraten und mit ihm zusammenzuziehen. Wir wären praktisch nur eine vorübergehende Notlösung gewesen. Und Judith hätte uns gut gefallen, aber sie kam nur vorbei, um uns mitzuteilen, dass sie doch lieber in eine Land-WG ziehen möchte.

»Mir fällt allerdings nur eine einzige Lösung ein«, sagte ich.

Meine Freundinnen nickten.

»Soll ich mal fragen?«

Wieder nickten die beiden und ich stand auf und klingelte bei den Jungs von nebenan.

»Ehrlich?«, rief Max.

»Jetzt schau nicht so begeistert«, sagte ich, während ich ihm in die Küche folgte. »Aber im Augenblick bleibt uns nichts anderes übrig.« Ich schilderte ihm kurz, wie der Nachmittag verlaufen war.

»Ich bin mir sicher, dass Phillip euch total gefällt.« Max strahlte wie eine Glühbirne. »Wie wär's, soll ich ihn gleich mal anrufen?«

»Ja, bitte«, sagte ich und blätterte in der Tageszeitung. »Wenn er mag, kann er sofort bei uns vorbeischauen.«

Kaum war Max verschwunden, erschien Christian in der Küche. Er sah reichlich mitgenommen aus und ließ sich mit einem großen Glas Orangensaft neben mir am Tisch nieder.

»Viel zu tun?«

»Ja, so ein Referendariat ist schon voll stressig«, sagte der Schönling. »Immer diese Lehrproben. Ich bin froh, wenn ich die mal hinter mir habe.«

»Aber die Lehrprobe gestern Nacht hast du sicher bestanden, oder?«

Als Anso endlich eingeschlafen war, hatte ich mich kurz in ihr Zimmer geschlichen und der Sound, der da durch die Wand kam, war alles andere als jugendfrei gewesen …

»Ich bin mir sicher, dass deine Kollegin mehrmals gekommen ist!«

Christian, der gerade einen Schluck Saft genommen hatte, verschluckte sich böse.

»Woher, äh …« Er sah mich mit hochrotem Kopf an.

»Sehr dünne Wände, weißt du?«

Dann ließ ich das Thema auf sich beruhen, denn Max kam zurück.

»Jetzt kann ich nur beten, dass ihr euch versteht«, sagte er fröhlich. »Phillip ist begeistert und wird in einer halben Stunde bei euch aufkreuzen.«

»Tausend Dank«, sagte ich. »Wir halten dich auf dem Laufenden. Und dir …«, ich zwinkerte Christian neckisch zu, »dir weiterhin viel Erfolg mit den *Lehrproben*!«

Zwei Stunden später saßen wir immer noch mit Phillip zusammen, lachten und redeten über Gott und die Welt. Der gut aussehende Mediendesigner, der teils in einer Werbeagentur, teils frei arbeitete, hatte mit seinen 24 Jahren schon ziemlich viel Schräges erlebt und immer wieder wischten wir uns die Lachtränen von den Wangen.

»Ihr glaubt gar nicht, wie viele durchgeknallte Werbekunden es gibt«, sagte er und lächelte mich an. Ein hinreißendes Lächeln und überhaupt, ein total offener und sympathischer Typ. Phillip war groß und schlank und hatte die dunklen Haare sehr kurz geschnitten. Er trug eine schwarze Lederhose und hatte ein Faible für gestreifte T-Shirts. Und für hübsche Männer, wie er uns gleich klargemacht hatte.

»Und ich soll jetzt in dem Zimmer neben diesem Macho schlafen?«, rief er, als wir uns geeinigt hatten, dass er einziehen konnte und wir ihm von Ansos erster WG-Nacht berichtet hatten. »Das ist ja Folter!«

»Nein, wir haben ja noch zwei freie Zimmer zur Auswahl«, sagte Kathy. »Wer zuletzt einzieht, kriegt Christian eben für die Nacht dazu – gratis.«

»*Zwei* freie Zimmer?« Phillip strich sich aufgeregt durch die Restfrisur.

Ich nickte. »Aber für das zweite wollen wir schon noch versuchen, eine weibliche Mitbewohnerin an Land zu ziehen, nicht, dass wir zum Schluss noch in der Unterzahl sind.«

»Und wenn ich sie beide mieten würde?« Er sah uns gespannt an. »Es wäre nämlich super, wenn ich das zweite als Arbeitszimmer nützen könnte. Und wir könnten es zusätzlich als Gästezimmer verwenden.«

Für einen Moment war es still in der Küche.

»Eine geniale Idee«, murmelte Kathy. »Und du kannst dir das auch leisten?«

»Mach dir da mal keine Gedanken«, sagte Phillip. »Ich verdiene ganz gut.«

Anso stand auf, hob ihre Kaffeetasse und sah feierlich in die Runde. »Dann, meine Damen, mein Herr, gestatten Sie mir doch, meine Freude zum Ausdruck zu bringen, dass diese Wohngemeinschaft komplett ist. Hoch die Tassen!«

Wie wäre es, wenn endlich mal die Montage abgeschafft würden?

Als ich am nächsten Morgen in der Schulbank hing, war ich mir sicher, dass mir eine solche Reform eine Menge Ärger ersparen würde. Ich spürte jede fehlende Minute Schlaf und musste mich heftig zusammenreißen, nicht auf der Stelle einzunicken. Das war nicht einfach, denn eine Doppelstunde Kunstgeschichte bei Frau Jelen bedeutete neunzig Minuten geballte Langeweile. Heute ging es mal wieder um ihr Lieblingsthema: der Dom zu Speyer. Ein Thema, das mich auch in munteren Stunden nicht hinter dem Ofen hätte vorlocken können, aber in meiner jetzigen Verfassung war es das Letzte, was ich hören wollte.

»Knapp zwanzig Jahre nach der Vollendung von Speyer ließ Heinrich IV. den Dom zur Hälfte einreißen, um ihn noch größer wieder aufzubauen: Im Mittelschiff wurde die Decke abgetragen, der Bau wurde um fünf Meter erhöht«, trötete die Jelen, während sie vor der Tafel auf und ab wanderte. »Und auch der Wandaufriss erfuhr entscheidende Veränderungen!«

Ach was ... Da fand ich die entscheidenden Änderungen in meinem eigenen Leben doch wesentlich interessanter. Wir hatten uns gestern Abend noch ewig unterhalten und anschließend waren wir mit zu Phillip gefahren, um ein paar von seinen Sachen zu holen. Als symbolischer Einzug sozusagen. Später war Kevin noch aufgetaucht und hatte Kathy von einer »total interessanten« DVD über Barcelona vorgeschwärmt, worauf sie dann auch gleich mit ihm verschwunden war.

»Aha ... Barcelona-DVD«, hatte Phillip grinsend gesagt.

Kathy war leicht rot geworden, hatte uns die Zunge herausgestreckt und war seitdem nicht wieder aufgetaucht. Hoffentlich hatte sie sich da mal keinen Schaumschläger eingefangen. Klar, Kevin war hübsch und nett, trotzdem gefiel mir irgendetwas an diesem Typen nicht. Aber Kathy deshalb vor ihm zu warnen, hätte ähnlich wenig Sinn, wie am Nordpol mit dem Schneeschippen anzufangen.

»Die Größe des Speyerer Doms unterstrich neben dem politischen insbesondere den religiösen Machtanspruch …« Unsere Lehrerin laberte und laberte und schien gar nicht zu bemerken, dass 99,8 Prozent der Klasse geistig längst abgetaucht waren. Nur Ramona täuschte Interesse vor und machte sich Notizen. Streberkuh.

»1689, im Pfälzer Erbfolgekrieg, brachten die Speyerer Bürger ihre Möbel und ihren Hausrat in den Dom, in der Hoffnung, sie seien dort vor Brandschatzung durch die französischen Truppen sicher. Mehrere Meter hoch stapelte sich der Hausrat im Dom!«, machte die Jelen mit ihrer One-Woman-Show weiter und ich war sofort wieder mit meinen Gedanken bei unserem neuen Mitbewohner. Ein Glück, dass er sich zwei Zimmer leisten konnte, sonst hätte er einen Teil seiner Möbel ebenfalls nach Speyer fahren müssen. Schon irre, was der alles in seiner kleinen Wohnung hortete: Computer und Zubehör aller Art, alte Möbel und eine unglaubliche Sammlung LPs, CDs und DVDs, sodass wir im Notfall ganze Wochen lang durchglotzen und Musik hören konnten, ohne uns auch nur einen Meter aus der Wohnung bewegen zu müssen. Alles in allem war ich mit dieser Aussicht hochzufrieden!

»Und ein Teil der Kaisergräber im Dom wurde von den Franzosen aufgebrochen und geplündert.« Frau Jelen sah sich suchend in der Klasse um. »Wer von Ihnen kann mir sagen, um welche Kaiser es sich hier handelt?«

Oh, oh … Jetzt half nur eins: so tun, als wäre man mit dringenden Notizen beschäftigt.

»Emma?«

Shit! Strategie misslungen!

»Ja, bitte?«

»Welche Kaiser liegen im Dom zu Speyer begraben?«

Gütiger Gott, woher soll ich das denn wissen?

Jonas, der nicht weit weg saß, ließ seinen Kuli fallen, bückte sich und zischte mir etwas zu. Leider verstand ich nur den Anfang, aber damit konnte ich es schon mal versuchen.

»Da liegt der Kaiser Heinrich begraben«, sagte ich voller Überzeugung.

Die Jelen nickte und ich wähnte mich schon in Sicherheit, als sie gleich die in meinen Augen völlig überflüssige Frage »Und welcher?« nachschob.

Wie, welcher? Kaiser Heinrich war Kaiser Heinrich, oder?

Laura, die vor mir saß, zeigte mir drei Finger. Bedeutete das, dass drei Heinrichs dort in der Gruft lagen? Oder meinte sie der dritte seiner Art?

»Heinrich der Dritte liegt dort«, riet ich freundlich lächelnd. Wie hieß es heute in meinem Horoskop Nummer eins? *Sie müssen immer auf den richtigen Umgangston achten. Und da Ihnen das mit Bravour gelingt, rennen Sie offene Türen ein.*

»Das ist für den Anfang schon mal richtig«, seufzte Frau Jelen. »Und welchen finden wir noch dort?«

War diese Frau denn nie zufrieden?

»Kaiser oder Heinriche?«, fragte ich vorsichtshalber nach.

»Beides«, sagte sie schnippisch. »Nun?«

Blöd, dass man im Unterricht keinen Telefonjoker anrufen oder wenigstens das Fragengebiet wechseln konnte. Dann hätte ich diese Heinrich-Sippschaft sofort gegen die Sparte *Sex & the City* getauscht. Oder aber gegen *Gilmore Girls*. Da wäre ich unschlagbar und würde …

»Ich warte, Emma!«

Okay, okay, nun musste ich eben raten ... Heinrich der Dritte lag also bereits in der kalten Gruft, dann wäre es eigentlich nur logisch, dass die nächsten Heinriche dort auch gelandet waren. Oder?

Ihr Unterbewusstsein sendet unaufhörlich Signale. Und zwar sehr eindeutige – genau hinhören!, hatte mein zweites Horoskop vermeldet und ich ließ es drauf ankommen.

»Heinrich der Vierte und Heinrich der Fünfte«, sagte ich lässig, als wüsste das jedes Kind.

»Na endlich!« Frau Jelen sah mich gequält an. »Ich möchte Sie alle nochmals darauf hinweisen, dass solche Kenntnisse zur Allgemeinbildung gehören, und es wäre schön, wenn Sie etwas mehr bei der Sache wären. Bis zur nächsten Stunde bitte ich Sie, die Kapitel 23 und 24 vorzubereiten und ... blablabla ... dabei die verschiedenen Aspekte, die ... blablabla ... auszuarbeiten.«

Sollte Frau Jelen zufälligerweise auch Stier sein, konnte ich ihr nur raten, das dritte Tageshoroskop zu befolgen: *Sie sollten sich nicht auf etwas versteifen, was nicht realistisch ist. Je lockerer Sie alles sehen, desto einfacher wird es.*

Ich nahm mir diesen Rat jedenfalls zu Herzen und schaute, dass ich zur Tür hinauskam.

»Emma! Ein Glück, dass du schon da bist!« Kathy kam völlig außer Atem in die Küche, wo ich es mir gerade mit einem Brötchen, einem Kaffee und der Tageszeitung gemütlich gemacht hatte.

»Ist was passiert?«

Wusste ich es doch, dass dieser Kevin nicht ganz koscher war.

»Ich habe ein fettes Problem und hoffe, du kannst mir helfen!«

»Frau Emma steht Ihnen jederzeit und in allen Lebenslagen tatkräftig zur Seite. Was kann ich für Sie tun?«, sagte ich mit affektierter Stimme. Vielleicht konnte ich sie noch kurz zum Lachen bringen, bevor das geballte Kevin-Elend über uns hereinbrach.

Meine Freundin ließ sich mir gegenüber auf einen Stuhl fallen, strich sich eine blonde Strähne aus der Stirn und sah mich dämlich grinsend an. »Kevin hat mich für heute Abend zum Essen eingeladen. Super, oder?«

Wiedersehen, Frau Emma. Nix Liebeskummer. Deine Freundin ist unheilbar verknallt!

»Toll.« Ich versuchte begeistert zu klingen, aber es gelang mir wohl nicht ganz.

»Och! Jetzt schau mich doch nicht so an!«, rief Kathy. »Wetten, dass du auch bald wieder einen tollen Typen kennenlernst?«

Wetten, dass Angela Merkel übermorgen zur Miss Universum gekürt wird?

»Aber die Sache hat einen Haken, oder?«, nahm ich das Gespräch wieder auf.

Kathy nickte.

»Und wie sieht der aus?«

»Ich müsste heute Abend eigentlich zu einem Zeitungstermin …«

»Worum geht's?«

»Um die Berichterstattung beim fünften Jahrestag der *Aktiven Senioren*.«

»Na ja«, sagte ich betont munter. »Vielleicht lerne ich dort ja meinen Traumprinzen kennen und …«

»Aber ich habe total Schiss, dass jemand von der Zeitung das mitkriegt!« Kathy sah richtig unglücklich aus.

»Wie denn?« Ich musste mich schon wundern. »Die werden bei der Zeitung doch wohl kaum so etwas wie einen Kontrolldienst haben, oder?«

Sie schüttelte den Kopf. »Aber vor ein paar Monaten ist so was ganz zufällig aufgeflogen. Da war der Chefredakteur als Gast auf einer Veranstaltung und hat sich gewundert, dass sich ein Wildfremder Notizen machte und behauptete, er sei von der Zeitung.«

Ich überlegte kurz. »Wie groß ist denn die Chance, dass ein Vorgesetzter von dir bei diesen *Aktiven Alten* auftaucht?«

»Eher gering«, gab Kathy zu.

»Und wenn doch, dann erzähle ich, dass du dir eine grässliche Lebensmittelvergiftung eingefangen hast und es zu riskant fandest, dort aufzutauchen.« Ich grinste. »Du weißt doch, wie schnell alte Menschen krank werden können ...«

»Überzeugt!« Kathy strahlte über das ganze Gesicht und noch weiter. »Emma, du bist ein Schatz!« Sie rannte um den Tisch und umarmte mich stürmisch. »Du hast echt was gut bei mir!«, rief sie. »Ganz großes Ehrenwort!« Dann biss sie in mein Brötchen, schulterte ihre Tasche und weg war sie ...

»Was hast du denn noch vor?« Phillip kam gerade mit dem nächsten Schwung Umzugskartons herein, als ich mich vor dem Spiegel im Flur für meinen journalistischen Einsatz bereit machte. »Ein nettes Date?«

»Fast richtig«, sagte ich. »Ich habe eine Verabredung bei den *Aktiven Senioren.*«

»Donnerwetter, die lassen es im Alter aber noch ganz schön krachen«, war sein Kommentar. »Wie alt ist dein Lover, wenn ich fragen darf?«

Ich kicherte. »Nix Lover. Ich vertrete Kathy, die heute Abend ein Date mit Kevin hat.«

»Und weiß das die Zeitung?«

»Gott bewahre!«, sagte ich. »Und wir werden es ihnen bestimmt auch nicht freiwillig erzählen.«

Phillip stellte die Kiste, die er in den Händen hatte, ab und kratzte sich nachdenklich am Ohr. »Also mal ganz im Vertrauen, Emma. Dieser Kevin ist vielleicht ganz hübsch und nett, aber ich habe den leisen Verdacht, dass er in seinem Leben schon eine Menge Herzen gebrochen hat ...«

»Da wären wir schon mal einer Meinung«, sagte ich. »Aber ich fürchte, das muss sie selber checken. Kathy lässt sich nur ungern etwas sagen.«

»Alt genug ist sie ja«, sagte Phillip. »Und dir wünsche ich viel Spaß bei den strammen Senioren!«

»Fit, gesund und froh gelaunt« war das Motto der *Aktiven Senioren* und genau diesen Eindruck machten die vielen Grauhaarigen tatsächlich auf mich, als ich gegen halb acht das Vereinslokal betrat. Man begrüßte sich begeistert, schäkerte herum und schob Stühle und Tische zusammen. Ich stellte mich etwas verunsichert neben die Tür und versuchte mich in diesem Durcheinander erst einmal zu orientieren.

»Könnte es sein, dass Sie sich verlaufen haben?« Eine flott gekleidete Frau um die siebzig kam mit einem großen Tablett vorbei und sah mich fragend an. »Sie sind hier bei den *Aktiven Senioren* gelandet!«

»Da wollte ich auch hin«, sagte ich. »Ich komme von der Zeitung, um über das 5-jährige Jubiläum zu berichten.«

»Das ist ja großartig!«, rief die Frau, die sich mir als Frau Wegner vorstellte. »Dann werde ich Ihnen gleich ein schönes Plätzchen suchen. Kommen Sie mal mit!«

Minuten später saß ich, versorgt mit einer Cola und einem Heft über die Ziele und Aktivitäten des Vereins, in der Nähe der Tür und machte mir erste Notizen.

Diese Leutchen hatten nicht umsonst die Bezeichnung *aktiv* im Namen. Wenn ich mir so durchlas, was sie alles auf die Beine stellten, fühlte *ich* mich alt. Es gab Computer- und Englischkurse, Malkurse und Tanzveranstaltungen und einige Leute hatten sich zu einer Kabarettgruppe zusammengeschlossen. Ob ich in dem Alter auch noch so gut drauf sein würde?

»Liebe Vereinsmitglieder, herzlich willkommen!« Punkt acht Uhr begrüßte der amtierende Vorsitzende Herr Niessen die vielen Gäste. »Fünf ereignisvolle Jahre liegen nun hinter uns. Fünf Jahre, die das Seniorenleben in dieser Stadt geprägt und bereichert haben!«

Ich hatte meinen Block vor mir liegen und schrieb, was das Zeug hielt.

»Vor einigen Tagen ist unsere Teilnehmerzahl auf stolze 350 Mitglieder angewachsen und ich glaube, sagen zu können ...«

»Ist hier noch frei?«

Verdutzt sah ich auf und blickte in ein paar wunderschöne blaue Augen.

Sie gehörten einem attraktiven Typen, der gerade mit einem alten Herrn im Rollstuhl das Lokal betreten hatte. Er war groß und muskulös, hatte kurze schwarze Haare, einen wahnsinnig sinnlichen Mund und auf seinem markanten Kinn wuchs ein Dreitagebart.

Ich nickte, als müsste ich in dieser Disziplin einen neuen Weltrekord aufstellen.

Mister Oberknackig stellte einen der Stühle weg, schob den alten Herrn neben mich und setzte sich an dessen andere Seite. Dann lächelte er mich an und mir wurde schwindlig. Hoffentlich dauerte diese Veranstaltung bis nach Mitternacht ...

»Aber wir waren nicht nur in der Stadt aktiv«, machte Herr Niessen vorne weiter. »Wir waren auch viel unterwegs. Ich möchte hier vor allem an die wunderschöne Wanderung in den Tiroler Alpen erinnern ...«

Ich schrieb und schrieb, aber meine Augen wanderten immer wieder nach rechts, wo es sich dieses Sahnestückchen bequem gemacht hatte.

»Wie wäre es, wenn du ein Gespräch mit dem alten Herrn anfängst?«, fragte eine Stimme in meinem Kopf. »Dann ist schon mal ein erster Kontakt hergestellt ...«

Eine gute Idee, aber leider wurde in diesem Augenblick das Licht im Saal gedimmt und ein erstes Dia wurde auf der Leinwand sichtbar.

»Hübschen Pulli hat der an«, rutschte es mir heraus, als ich die drei fesch gekleideten Senioren vor einem Gipfelkreuz stehen sah.

»Und sehr pflegeleicht«, kam ein Kommentar von rechts. »Ich habe mir das Modell letzte Woche in Moosgrün gekauft und bin äußerst zufrieden!«

Ich linste im Halbdunkeln um den alten Herrn, der laut Rollstuhlaufkleber auf den Namen Mollenkamp hörte, herum und sah in ein paar lachende Augen. »Das kann ich mir lebhaft vorstellen«, sagte ich leise. »Moosgrün ist übrigens meine Lieblingsfarbe.«

»Meine Lieblingsfarbe ist rot!«, kommentierte Herr Mollenkamp unser Geflüster.

»Dann wirst du dich vor lauter Begeisterung gar nicht mehr einkriegen, wenn du das Ganze in Zusammenhang mit meinen neuen Knickerbocker…«

»Dunkelmoosgrün?«

»Nein, rot!«, rief Herr Mollenkamp fröhlich. »Rot-rot-rot ist der Enzian!« Vergnügt schunkelte er zu der Melodie in seinem Rollstuhl hin und her.

»Nein, kackbraun«, antwortete der Schnuckel neben ihm. »Und sag jetzt nichts gegen Knickerbocker!«

»Ich würde es nicht wagen!«, murmelte ich grinsend. »Ich besitze schließlich selber eine ganze Kollektion!«

»Wusste ich doch, dass ich mich auf mein Gefühl verlassen kann«, flüsterte der Schönling. »Als ich dich sah, wusste ich sofort, dass wir seelenverwandt sind!« Dann zwinkerte er mir derart lieb zu, dass ich Angst hatte, sämtliche Senioren würden meinen Herzschlag hören können.

Eine Weile sahen wir uns weitere Dias an: Berge, Gebirgsbäche, von allem war etwas dabei.

»Wir senken hier das Durchschnittsalter übrigens ganz schön«, kam die nächste Bemerkung von Mister Hinreißend.

»Kann gut sein«, antwortete ich. »Wie alt bist du denn?«

»Dreiundzwanzig«, kam die Antwort postwendend.

Gut, Emma, du kannst ja, wenn du willst! Weiter so! Jetzt noch den Namen und …

»Nein, meine Lieblingsfarbe ist rot!«, rief Herr Mollenkamp jetzt. Und zwar in einer Lautstärke, die nichts Gutes ahnen ließ. »Und wo bin ich hier eigentlich? Und wo ist Magda?«

»Wie gehen gleich wieder zu Magda«, beruhigte ihn sein Begleiter.

Das Licht im Saal ging wieder an und der Knickerbockerfan stand auf. »Er hat Alzheimer«, flüsterte er. »Wundere dich einfach über gar nichts.«

»Weißt du noch, meine Liebe?« Nun war es Herr Mollenkamp, der mir zuzwinkerte, während er an den Enden seines grauen Schnurrbarts zwirbelte. »Weißt du noch? Als wir damals in der Heide waren?«

»Oh ja«, sagte ich, während ich die Ziele der Vereinswanderungen für den kommenden Mai notierte. »Das war wunderbar.«

Herr Mollenkamp fing an zu kichern und seine Hände bewegten sich, als würde er ein unsichtbares Orchester dirigieren. »Und jetzt alle zusammen!«, rief er fröhlich. *»Hoch auf dem gelben Wa-ha-gen, sitz ich beim Schwager vorn.«*

Es sah kurz so aus, als würde diese Aufforderung den Vorsitzenden aus dem Konzept bringen, aber er reagierte blitzschnell und gab den Zuhörern ein Zeichen. Schon fielen alle *Aktiven Senioren* mit ein:

»Vorwärts die Rosse traben, lustig schme-hettert das Horn.

Berge, Täler und Auen, leuchtendes Ä-härengold.

Ich möchte in Ruhe gern schau-hau-hauen, aber der Wagen, der rollt.

Ich möchte in Ruhe gern schau-hau-hauen, aber der Wagen, der rollt!«

»Schön, dass du immer noch so gerne singst, Karl!«, rief Herr Niessen. »Meine lieben Freunde, bitte begrüßen Sie uns ältestes Gründungsmitglied: Herrn Karl Mollenkamp!«

Applaus erklang und mein Nachbar winkte fröhlich in die Runde.

»Ich glaube, wir packen es mal wieder.« Mister Hinreißendhübsch gab ein Zeichen nach vorne. »Wiedersehen!«

Bevor er mit Herrn Mollenkamp davonrollte, beugte er sich noch einmal zu mir vor. »Schreibst du für die Zeitung?«

Schnell! Frag ihn nach seinem Namen! Und nach seiner Adresse! Die Stimme in meinem Kopf überschlug sich fast vor Panik. *Frag ihn, wann du ihn wiedersehen kannst!* Stattdessen nickte ich nur dämlich.

»Gut zu wissen!«, sagte der süßeste Rollstuhlschieber der Welt. »Bis demnächst vielleicht mal wieder!« Dann lächelte er und ließ mich mit Gummibeinen zurück.

Gegen zehn hatte ich die Veranstaltung hinter mich gebracht und mir eine Erste-Hilfe-Strategie zusammengezimmert. Ich machte mich auf die Suche nach Herrn Niessen, der fröhlich plaudernd mit einigen anderen Mitgliedern vor der Bühne stand und nur zu gerne bereit war, ein paar Fragen zu beantworten.

»Vielleicht verraten Sie mir noch, wer zu den Gründungsmitgliedern gehört?«, fragte ich zum Schluss.

»Das waren Frau Wiedemann, Frau Geisler und Herr Mollenkamp«, sagte er.

»Und die sind alle noch aktiv?«

»Die beiden Damen schon«, sagte der Vorsitzende. »Aber wie Sie vielleicht bemerkt haben, ist Herr Mollenkamp an Alzheimer erkrankt.«

»Und wird nun von seinem Enkel versorgt?«, fragte ich.

Sehr geschickt, Emma! Gleich erfährst du seinen Namen …

»Nein, er wohnt seit einiger Zeit im Seniorenheim *Am Rosengarten.*«

Falscher Name, aber immerhin ein winziger Anhaltspunkt.

»Herzlichen Dank für die Auskunft«, sagte ich höflich. »Und weiterhin viel Erfolg bei ihren tollen Aktivitäten!«

Summend stieg ich die Stufen zur Wohnung hinauf und fand Anso und Phillip in der Küche.

»Na? So wie du strahlst, sollten wir auch mal bei diesen Senioren vorbeischauen.« Phillip räumte den Stuhl neben sich leer und ich setzte mich.

»Aber hallo«, sagte ich und erzählte, was ich erlebt hatte.

»Und wie heißt dieser Adonis im richtigen Leben?«, fragte Anso.

»Das, meine Liebe, ist das Rätsel, das ich so schnell wie möglich knacken möchte.« Ich seufzte tief. »Wenn ich es noch in dieser Woche schaffe, könnte ich ihn zur Einweihungsparty einladen. Das wäre doch ein netter Anfang, oder?«

»Und wie willst du das anstellen?«

»Indem ich Herrn Mollenkamp morgen einen Besuch abstatten und mich nach seinem Enkelsohn erkundigen werde. Ich wollte mich immer schon mal in so einem Seniorenstift umschauen«, sagte ich. »Schließlich kann man sich nicht früh genug informieren, wie man seinen Lebensabend gestalten kann, oder?«

Wird man zum Brummkreisel, wenn sich die Gedanken immerzu im Kreis drehen?

Jedenfalls war mir am nächsten Tag vom vielen Denken an *ihn* richtig schwindlig. Wie es wohl sein würde, wenn wir uns wiedersehen würden? Ob er mich dann wieder so lieb anlachen würde? Oder würde er sich gar nicht mehr an mich erinnern können? Würde mir überhaupt etwas Geistreiches einfallen, wenn er plötzlich vor mir stünde? Oder würde ich nur seltsam vor mich hinstottern? Ich beschloss, mir die Sportstunden zu sparen. Fahrradfahren war schließlich auch gesund und ich brauchte Klarheit, bevor ich komplett kirre wurde. Schon war ich auf dem Weg ins Altersheim.

»Ich würde gerne Herrn Mollenkamp besuchen«, sagte ich zu der Dame am Empfang. »Können Sie mir sagen, wo ich ihn finde?«

Die junge Frau nickte. »Herr Mollenkamp wohnt im zweiten Stock, Zimmer 211. Aber dort wird er im Augenblick nicht sein.« Sie beschrieb mir, wie ich am einfachsten zum Gemeinschaftsraum der Demenzkranken kommen würde, und voller Hoffnung machte ich mich auf den Weg. Im Aufzug sah ich zum x-ten Mal in meiner Umhängetasche nach, ob der grüne Schal noch da war, und schloss die Augen für ein kurzes Stoßgebet: Lieber Gott, lass Herrn Mollenkamp so weit bei Sinnen sein, dass er noch weiß, wer ihn gestern zu dieser Veranstaltung gekarrt hat!

Mit einem leisen *Pling* hielt der Aufzug und ich machte mich auf die Suche nach dem Aufenthaltsraum.

Die Stimmung dort war ziemlich ausgelassen. Drei alte Menschen, unter ihnen Herr Mollenkamp, saßen zusammen um einen Tisch und spielten unter Anleitung einer resolut wirkenden Blonden eine Runde Memory.

»Setzen Sie sich doch einfach zu uns«, forderte sie mich auf. »Wir sind bald fertig!« Dann beugte sie sich zu einer orientierungslos wirkenden Frau vor. »Sie sind wieder dran, Frau Bauer!«, rief sie munter.

Frau Bauer schreckte hoch. »Was muss ich denn jetzt machen?«

»Sie müssen zwei Karten herumdrehen, Frau Bauer!«

»Schon wieder?«

»Ja, schon wieder!« Die Blonde, die sich mir schnell als Karla vorstellte, sprach in einer unglaublichen Lautstärke, aber da ich neben ihr die einzige Nicht-Taube im Raum war, störte das niemanden.

Frau Bauer hatte ihre Aufgabe mittlerweile bewältigt und schaute auf das Kärtchen, auf dem eine Kokosnuss abgebildet war. »Was ist das denn für eine Nuss?«

»Das ist eine Kokosnuss, Frau Bauer!«, rief Karla.

»Gibt's die denn noch?«

»Ja, die gibt's noch! Aber eine Kokosnuss und ein Schmetterling sind leider nicht gleich.«

»Ach so«, sagte Frau Bauer und ließ die Kärtchen wieder auf den Tisch fallen.

Frau Hermes hatte mehr Glück. Sie drehte zwei Zitronen um und legte beide Karten zufrieden vor sich hin.

Nun war Herr Mollenkamp an der Reihe. »Meine Lieblingsfarbe!«

»Richtig. Das ist eine Tomate«, sagte Karla gelassen. »Drehen Sie doch einfach noch eine zweite Karte um.«

Kurz darauf hielt Herr Mollenkamp eine Sonnenblume hoch. »Eine gelbe Tomate?«

Karla schüttelte den Kopf. »Das ist eine Son-nen-blu-me. Keine

Tomate. Geschummelt wird nicht!« Sie nickte mir zu. »Jetzt sind Sie dran.«

Ich drehte eine erste Karte um: eine Tomate. Ich beugte mich über den Tisch und sicherte mir die zweite Tomate.

»Das ist doch *meine* Lieblingsfarbe!«, rief Herr Mollenkamp aufgebracht.

»Das mag schon sein«, rief Karla munter. »Aber nun hat diese junge Frau die Tomaten gewonnen!«

Herr Mollenkamp sah auf die Kärtchen in meiner Hand, dann auf mein Gesicht und fing an zu strahlen. »Magda! Gehen wir wandern in der Heide?«

Karla neben mir atmete laut aus. »Wie heißen Sie?«

»Emma«, sagte ich.

»Herr Mollenkamp, das ist Emma und sie hat die beiden Tomaten gefunden. Alles klar?« Sie tätschelte meine Schulter. »Machen Sie sich nichts draus. So, jetzt sind wir wieder bei Frau Bauer!«

»Was?« Frau Bauer kehrte kurz in unsere Welt zurück.

»Sie sind wieder dran, Frau Bauer!«

»Was muss ich denn jetzt machen?«

»Sie müssen zwei Kärtchen umdrehen!«

»Schon wieder?« Frau Bauer schüttelte fassungslos den Kopf. Dann griff sie in die Kartenmenge und zog gezielt die Kokosnuss und den Schmetterling. »Was ist das denn für eine Nuss?«, fragte sie besorgt.

»Das ist eine Kokosnuss«, sagte Karla. »Eine Ko-kos-nuss!«

»Gibt's die denn noch?« Frau Bauer traute der Sache kein bisschen.

»Ja, die gibt es noch!«, rief Karla und dann in einem wesentlich leiseren Ton zu mir: »Wenn ich noch ein Mal das Wort Kokosnuss höre, fange ich an zu schreien ...«

Ich kicherte und nutzte die Gelegenheit, sie nach dem Enkel von Herrn Mollenkamp zu fragen. »Er hat nämlich seinen grünen

Schal gestern Abend liegen lassen«, schloss ich und zog Ansos grünen Schal als »Beweismittel« aus meiner Tasche. »Soviel ich weiß, hat Herr Mollenkamp nur eine Enkeltochter«, sagte Karla. »Und die ist Mitte dreißig.«

Mist! Ich sah meinen ganzen schönen Plan gerade in Rauch aufgehen.

»Aber vielleicht ist es jemand, der ehrenamtlich hier arbeitet…« Karla schien zu überlegen. »Am besten, Sie fragen unten an der Rezeption noch mal nach!«

Dort machte man mit meiner neu geschöpften Hoffnung allerdings kurzen Prozess.

»Ich kann mir nicht vorstellen, wer das gewesen sein könnte.« Auch Frau Lutz von der Rezeption hatte keine Ahnung, wer der große Unbekannte war. »Gerade unsere Alzheimer-Patienten gehen abends selten aus. Aber vielleicht steht etwas im Fahrtenbuch.« Sie blätterte in einem Ordner, wurde dort aber ebenso wenig fündig. »Soll ich den Schal so lange hierbehalten?«

Ich überlegte blitzschnell. »Nein, es ist besser, wenn ich Ihnen meine Telefonnummer dalasse. Wenn jemand den Schal vermisst, können Sie ihm die ja geben.« Hektisch kritzelte ich sowohl unsere Festnetz- als auch meine Handynummer auf ein Stück Papier und gab es ihr.

Frau Lutz lächelte. »Sie wollen wohl Finderlohn kassieren, was?«

Nix Finderlohn, dachte ich. Ich wollte den ganzen Kerl!

Auf dem Küchentisch lag ein großer Zettel:

Klopapier ist alle!
Anso
Sorry, kann heute nicht einkaufen, habe Redaktionssitzung!
Kathy

Na toll. Blieb mal wieder alles an mir hängen … Ich setzte mich frustriert an meinen PC. Was hatte mein Horoskop noch mal gemeldet?

Nur keine Müdigkeit vortäuschen! Sie stecken heute voller Power und Optimismus. In der Liebe schüren Venus und Mars intensive bis leidenschaftliche Gefühle. Die sollten Sie auch ausleben.

Aber damit war bestimmt kein Klopapiereinkauf gemeint, oder? Ein Glück, dass ich diesem Quatsch keinen Glauben schenkte! Aber vielleicht hatte irgendeine Liebesgöttin Mister Sweet ja meine Mailadresse eingeflüstert. Im Traum oder so. Das war doch in jedem soliden Fantasyroman gang und gäbe, warum also nicht im richtigen Leben?

Emma, jetzt bleib auf dem Teppich!, mahnte meine innere Stimme, aber ich ließ sie labern und schaute stattdessen in mein Postfach. Nix Gescheites. Nur eine Nachricht von meiner Mutter mit weiteren Themenvorschlägen für meine Facharbeit und eine Mail von Tom. Ganz schön hartnäckig …

Betr.: Rendezvous?

Na, schon umgezogen und alle Kisten ausgepackt? Wie wäre es, wenn wir uns mal wieder treffen würden? Melde dich einfach mal, okay? LG Tom

Nein, nein, einen Scheißdreck würde ich tun. Nix Tom! Und schon gar nicht, wo ich jetzt auf Rollstuhlschieberjagd war. Ich machte mir daher nicht mal die Mühe, ihm zu antworten, sondern löschte die Mail und latschte in die Küche. Fast war ich dort angekommen, als die Wohnungstür aufflog und Anso hereingestürmt kam.

»Ich bringe ihn noch um!«

»Erzähl, Süße, was ist passiert?«

Anso raufte sich die Haare. »*Machmal* hat mir soeben verraten, dass morgen bei der großen Tagung der Allianz AG ein Zauberer auftreten wird und dass ich alles für den vorbereiten muss.«

»Zauberer sind doch nett«, meinte Phillip, der zwischenzeitlich auch hereingekommen war. »Wie heißt er denn?«

»Magic David.« Anso sprach den Namen aus, als würde es sich um eine besondere Form der Pest handeln. »Und er hat den totalen Knall …«

»Welcher Art?« Phillip öffnete die Tür seines Computerzimmers und stellte eine große Schachtel auf den Boden. »Löst er sich ab und zu in Luft auf? Oder vergreift er sich an hübschen rothaarigen Eventmanagerinnen?«

»Vielleicht kann er uns ein paar Rollen Klopapier zaubern«, sagte ich. »Kathy hat nämlich keine Zeit zum Einkaufen,«

»Sehr komisch …«, brummte Anso. »Nein, der Herr Zauberer braucht ein Zelt in seinem Hotelzimmer, wegen der Schwingungen. Und ich habe die Ehre, es morgen gleich zu besorgen und im Posthotel zu installieren.«

»Könnte Probleme mit den Heringen geben«, gab ich zu bedenken. »Es sei denn, du nimmst die Bohrmaschine mit und dübelst die ganze Sache am Boden fest!« Ich machte mich wieder in Richtung Küche auf. »Aber tröste dich, mir ist es heute auch nicht viel besser ergangen!« Ich erzählte von meinem Flop im Altersheim. »Wie wäre es, wenn ich uns etwas Leckeres kochen würde?«

Dieser Satz machte Anso mobil. »Alles, nur das nicht!«, rief sie und baute sich mit ausgestreckten Armen vor dem Kühlschrank auf. »Komm, Emma, du weißt, wie es um deine Kochkünste bestellt ist, und das ist mehr, als ich heute ertragen kann!«

»Du übertreibst«, sagte ich. »Okay, es ist schon mal was in die Hose gegangen, aber ein paar Gerichte kann ich ganz toll!«

»Aber nur, wenn du richtig ausgeglichen bist«, konterte Anso. »Und nach dem Mollenkamp-Flop ist das eindeutig nicht der Fall.«

»Was ist denn so schlimm an Emmas Kochkünsten?« Phillip verfolgte unsere Diskussion, als würde er in Wimbledon auf der Tribüne sitzen.

»Ich sage nur *Linsen mit Thunfisch*!«

»Iiih!«, machte Phillip.

Wirklich, wenn man solche Freunde hatte, konnte man sich seine Feinde sparen …

»Oder ganz ultrazähes Gulasch.« Anso machte einfach weiter, ohne auf meine Gefühle Rücksicht zu nehmen. »Nach dem Essen konnte Kathy gleich zum Zahnarzt. Als Nachtisch sozusagen.«

»He! Die Plombe war schon länger locker!«, rief ich. »Und was ist mit meinem Käsekuchen?«

Anso löste sich vom Kühlschrank. »Zugegeben, der ist super. Aber wollen wir jetzt Käsekuchen essen?«

Phillip schüttelte den Kopf. »Nein, wollen wir nicht. Aber ich könnte noch schnell zu Aldi sprinten und Klopapier und etwas zu essen besorgen.«

In diesem Moment klingelte das Telefon und ich hechtete in den Flur. Endlich! Mister Sweet war im Seniorenheim aufgekreuzt, hatte meine Telefonnummer bekommen und stand nun, zitternd vor Sehnsucht, an einem ruhigen Ort, in der Hoffnung, gleich meine Stimme …

»Hi, hier ist Kathy! Tausend Dank für deinen Einsatz bei diesen Senioren. Wollen wir uns gleich bei Orlandis zum Essen treffen? Du bist eingeladen.«

»Tolle Idee«, sagte ich schlapp.

Aber immerhin hatten wir das Essensproblem gelöst …

»Und wie er mich dann angeschaut hat …« Kathy war vor lauter Verliebtheit völlig durch den Wind und hatte die erste halbe Stunde bei Orlandis mit der neuesten Fassung eines »Und dann sagte er und dann sagte ich-Gesprächs« bestritten. »Und ich kann dir gar nicht sagen, wie dankbar ich dir bin, dass du dich gestern Abend für mich aufgeopfert hast.«

Ich wollte Kathy gerade erzählen, dass die Aufopferung nur halb so schlimm gewesen war, als sie sich zu uns vorbeugte. »Aber wisst ihr, was mir vorhin noch passiert ist?« Bevor sie weitersprach, sah sie sich nach allen Seiten um, als fühlte sie sich verfolgt. »Ich hatte diesen Artikel eben zu Ende geschrieben, als Melli vom Empfang anrief und sagte, dass mich jemand sprechen wolle ...«

»Und wer war's?«, fragte Anso. »Madonna?«

Kathy schüttelte irritiert den Kopf. »Nein, ein bildhübscher Typ, der die Journalistin sprechen wollte, die gestern bei den *Aktiven Senioren* war.«

»Das war bestimmt ...«, jubelte ich schon, als Kathy den Satz auf ihre Art beendete. »Richtig. Das war bestimmt eine Falle«, sagte sie grimmig. »Wenn die von der Redaktion herausfinden, dass *ich* gestern gar nicht da gewesen bin, kann ich mein Volontariat vergessen. Ich hatte Emma schon erzählt, dass sie vor einiger Zeit eine Kollegin deswegen gefeuert haben.« Sie trank einen Schluck Wein. »Aber so habe ich die schön ausgetrickst!«

»Und äh ... Was hast du dann gemacht?« Ich fühlte, wie sich ein ausgewachsener Schreikrampf an die Oberfläche kämpfte.

»Ich habe ihm freundlich mitgeteilt, dass *ich* diese Journalistin bin.«

»Und er hat nicht weiter nachgefragt?« Ich brachte die Worte nur mühsam heraus.

»Nee, er hat nur ziemlich dumm geschaut.« Kathy zuckte mit den Schultern. »Ich habe ihm dann verklickert, dass ich sehr beschäftigt bin, und habe ihn stehen lassen.«

»Oh Gott«, riefen Phillip und Anso wie aus einem Mund.

»Aaaah ...« Ich ließ meinen Kopf auf die Tischplatte sinken. Ich wollte nur noch tot sein. Mausetot.

Kathy sah mich unsicher an. »Was ist denn?«

Als ich mich wieder gefangen hatte, erzählte ich ihr von meinem Besuch bei den *Aktiven Senioren.*

»Oh mein Gott, das tut mir schrecklich leid«, war alles, was ihr dazu einfiel.

Ich konnte wirklich von Glück sprechen, dass ich heute laut Horoskop mit Power und Optimismus geradezu bis obenhin abgefüllt war …

Eine der Lieblingsweisheiten meiner Oma lautete: *Der Teufel scheißt immer auf einen Haufen,* und die bewahrheitete sich heute hundertpro, denn in dem Moment, als wir uns über die dampfenden Pizzen hermachen wollten, hüstelte Anso.

»SOS an Emma«, sagte sie leise. »Nicht umdrehen, der Fehler deines Lebens steht vorne an der Theke.«

»Der wie bitte?«, fragte ich und drehte mich natürlich prompt um.

Shit. Dort stand Tom. Gut aussehend wie immer. Und wie auf Knopfdruck drehte er sich just in dieser Sekunde um, sah zu mir herüber, grinste und kurz darauf stand er an unserem Tisch.

»Na, wen haben wir denn da?«, fragte Tom. »Alle drei Schönheiten auf einen Schlag.« Er sah uns an wie ein gieriger Kater, der soeben ein Nest voller frisch geschlüpfter Spatzen entdeckt hatte. »Alles klar, Ladys?«

»Bis jetzt ja«, sagte Anso. »Wir sind übrigens gerade beim Essen!«

»Lasst euch nur nicht stören«, sagte Tom und sah mich an. »Und? Schon eingelebt?«

Ich nickte mit vollem Mund.

»Und wann steigt die große Einweihungsparty?«

»Am Samstag«, antwortete Kathy für mich. »Aber soviel ich weiß, stehst du nicht auf der Einladungsliste.«

»Braucht es auch nicht«, sagte Tom cool. »Emma hat mich letzte

Woche schon eingeladen und das genügt mir vollkommen.« Er verbeugte sich übertrieben. »Meine Damen, mein Herr, weiterhin guten Appetit!«

»Der ist aber hübsch«, war Phillips Kommentar. »Hetero?«

»Hast du denn jetzt komplett den Verstand verloren?«, zischte ich aufgebracht. »Erst predigst du mir, dass ich mir den Typ für immer und ewig aus dem Kopf schlagen soll, und jetzt das hier!« Und zu Phillip: »Ja. Hundertfünfzig Prozent.«

»Oh Emma, das tut mir schrecklich leid«, stammelte Kathy zum zweiten Mal an diesem Abend.

Ich nickte. »Hatte ich heute schon erwähnt, dass es ein Scheißtag ist?«

Anso schüttelte den Kopf. »Nein, aber ich glaube, da ist was dran!«

Warum leide ich so sehr unter mir selbst? Und tun das andere auch?

Als der Wecker am nächsten Morgen gegen sieben klingelte, wusste ich jedenfalls, dass ich es nicht darauf ankommen lassen würde, und zog mir die Decke wieder fest über den Kopf. Wenn ich heute auch nur auf einen einzigen Lehrer losgelassen werden würde, konnte das böse enden …

Allerdings war ich nun schon wach und fing an, über mein Leben nachzudenken. Keine gute Idee, wie ich bald merkte. Es war, als würden ganze Horden von negativen Gedanken auf mich einstürmen, einer schlimmer als der andere. Aber just als ich zur Überzeugung gekommen war, dass ich wohl als vereinsamte Singlefrau mit zwei verhaltensgestörten Wellensittichen in einem kalten Kellerloch enden würde, ging meine Zimmertür auf.

»Emma?«

»Ist heute nicht«, sagte ich von meiner Betthöhle aus.

»Quatsch«, sagte Anso und setzte sich auf meine Bettkante. »Solltest du heute noch irgendwie in die Schule gehen wollen, wäre es besser, jetzt aufzustehen.«

»Vergiss es!«

»Darf man mal fragen, welche Laus dir über die Leber gelaufen ist?«

»Eine?« Ich schlug die Bettdecke zurück. »Es ist eine ganze Mannschaft und sie tragen Bergschuhe.«

Anso kicherte. »Hübsch, kannst du das nicht mal zeichnen?«

Ich schüttelte den Kopf. »Kann ich nicht. Ich kann nämlich gar nichts, falls dir das noch nicht aufgefallen sein sollte …«

»Quatsch«, sagte meine Freundin erneut.

»Sei doch mal ehrlich!« Ich setzte mich auf. »Ich kriege im Augenblick doch rein gar nichts gebacken: In der Schule läuft es nur so lala, mein Liebesleben ist eine einzige Katastrophe, und wenn ich die Trennung von der letzten Nullnummer gerade einigermaßen überwunden habe, baggert der mich wieder an. So nach dem Motto *Mit der Tussi kann man's ja machen.*«

»Das mit Tom ist doch nicht deine Schuld.« Anso sah mich streng an. »Und dass Kathy Mr. Unbekannt so abserviert hat, ebenso wenig.«

»Wie auch immer, ich versiebe so ziemlich alles im Augenblick, das nervt.« Ich ließ mich wieder auf den Rücken fallen. »Ich habe noch nicht mal ein Thema für meine Facharbeit ...«

»Vergiss diese dämliche Facharbeit«, lautete Ansos Rat. »Das hat ja noch ewig Zeit! Du weißt ja, was dein Lieblingssänger immer singt: *Emmas Weg ist ein schrecklicher, Emmas Weg ist scheußlich und schwer ...*«

»Du blöde Kuh!« Ich packte mein Kopfkissen und haute es ihr um die Ohren.

»So gefällst du mir schon besser!«, rief Anso, während sie sich vor meinen Schlägen in Sicherheit brachte. »Pfeif auf die Männer, Emma! Solange wir gute Freundinnen haben, kommen wir auch ganz prima ohne sie zurecht!«

Da hatte sie schon recht.

»Apropos Männer«, sagte ich, während ich aufstand. »Hast du Christian schon mal wieder getroffen?«

Anso nickte. »Gestern im Treppenhaus. Und er war ganz höflich und freundlich. Irgendwie auch ganz unsicher. Keine Ahnung warum.«

»Das kann ich dir schon verraten«, sagte ich. »Ich habe ihm erzählt, dass wir seine *Unterrichtsvorbereitungen* neulich laut und deutlich mitbekommen haben. Das war ihm vielleicht peinlich!«

Meine Freundin prustete los. »Nee, oder?«

»Aber ja doch. Wie hast du vorhin so schön gesagt? War irgendwas mit *guten Freundinnen* oder so …«

Nach einem Frühstück mit Phillip und Anso ging es mir schon viel besser und ich beschloss, den Tag zum Aufräumen zu nutzen. Wenn wir Samstagabend schon *full house* hatten, sollte es hier auch gut aussehen.

»Ich habe übrigens noch eine kleine Mail-Einladung gebastelt.« Phillip legte uns einen Ausdruck auf den Tisch. »Falls euch im letzten Moment noch Leute einfallen, denen ihr Bescheid sagen wollt.«

»Sieht cool aus!«, sagte Anso. »Schickst du mir die mal auf den Rechner?«

Phillip nickte. »Dir auch?« Er sah mich fragend an.

»Ja, bitte! Hast du vielleicht auch noch das Gegenstück?«

Unser smarter Mediendesigner schaute verdutzt. »Hä?«

»Eine kleine Mail-Ausladung«, grinste ich. »Für Tom!«

Als alle aus dem Haus waren, räumte ich erst einmal die Küche auf. Wie immer hatte Kathy den Milchschäumer in der Spüle liegen lassen und der ganze Milchschaum war schön fest eingetrocknet. Na toll. Auch in ihrer anderen Königsdisziplin, das »Nicht-Zuschrauben-von-Colaflaschen«, konnte sie heute mal wieder die ganze Punktezahl für sich verbuchen.

Okay, ich gebe es ja zu: Ich vergaß oft, Chipstüten wieder zuzumachen, und Anso vergaß oft, ihre langen Haare aus dem Waschbecken zu fischen, aber Kathy ist in puncto Unordnung schon ein echtes Naturtalent.

Das zeigte sich ebenfalls, als ich, auf der Suche nach Müll und leeren Kartons, ihr Zimmer betrat. Kathys Zimmer hatte sich seit dem Samstag, an dem wir eingezogen waren, nicht sehr verändert.

Die meisten Kisten standen nach wie vor in einer Ecke gestapelt und die Sachen, die sie bereits ausgepackt hatte, lagen kreuz und quer im Zimmer verteilt. Nur ihr Schreibtisch samt PC war einsatzfähig und natürlich ihr Bett. Obwohl sie da auch noch nicht allzu oft geschlafen hatte, denn meistens blieb sie über Nacht bei Kevin.

Ganz anders sah es bei Anso aus. Alles war ausgeräumt, die Regale waren eingeräumt, der Kleiderschrank komplett und die Bilder hingen bereits alle an der Wand. Unter anderem ein wunderschöner Schnappschuss von Kathy, Anso und mir, auf dem wir wie die Honigkuchenpferde in die Kamera grinsen.

»Ich hab in meiner Familie und auf der Arbeit mit meinem Chef schon genug Chaos um mich«, hatte Anso mir mal erklärt. »Wenn ich das zu Hause auch noch hätte, würde ich auf der Stelle verrückt werden!«

Konnte ich ehrlich gesagt ganz gut nachvollziehen. Ich schob die zusammengefalteten Umzugskartons in den Flur, legte die Bananenkartons auf einen anderen Haufen und machte bei Phillip weiter.

Wieder eine völlig andere Szenerie: Bei Phillip war so ziemlich alles verkabelt, nur sein Bett war ohne Strom. Aber so wie unser hübscher Mitbewohner aussah, würde er dort schon selber für Strom sorgen. Auch bei Phillip war alles schon an seinem Platz. Kein Wunder. Schließlich musste er hier arbeiten können. Während ich ein paar kleine Kartons aufsammelte, fiel mein Blick auf ein gerahmtes Foto. Es war irgendwo am Mittelmeer aufgenommen. Jedenfalls trug Phillip nur eine Badehose und hatte einen ebenfalls knapp bekleideten Mann im Arm. Hmmm … mit seinen kurzen Haaren und dem Dreitagebart erinnerte er mich an Mister Hinreißend und ich seufzte tief. Ob ich den Mann je wiedertreffen würde?

Nachdem ich alles ausgemistet und Unmengen von Kartons zerschnitten hatte, machte ich mithilfe von Paketklebeband einen tragbaren Würfel daraus und brachte ihn hinunter in den Keller. Da störte der Müll niemanden und wir konnten ihn entsorgen, wenn wir mal Zeit hatten.

»Buon giorno!« Auf dem Rückweg nach oben stand mir Nonna plötzlich gegenüber. »Come stai, bella? Wie gehte es dir?«

»Danke, ganz gut«, sagte ich. »Ich bin gerade dabei, unsere Einweihungsparty vorzubereiten. Wir feiern am Samstag. Sie kommen doch auch, oder?«

Die alte Frau Orlandi bekam sofort glänzende Augen. »Aah! Eine Feste iste immer bene!« Dann sah sie mir tief in die Augen. »Aber du biste nicht glücklich, hä?«

Etwas überrumpelt von dieser Diagnose schüttelte ich den Kopf.

»Was iste? Du haste Problem mit eine Manne?«

Ich nickte zur Abwechslung. »Ja, da gibt es hier und da ein bisschen Ärger«, fing ich an, aber Nonna schüttelte energisch den Kopf.

»Du sagst nichts. Wir gehen zu mir und lasse die Karte sprechen!« Dann nahm sie mich wie ein Kind an die Hand und führte mich in ihre Wohnung.

Nonnas Wohnzimmer war das reinste Nippesmuseum: Eine wuchtige Schrankwand sowie eine Vitrine waren bestückt mit einer Unmenge von Porzellanfiguren. Hunde, Katzen, venezianische Gondeln und Pferde in allen Variationen und Farben wechselten sich ab mit Marienfiguren, die die Hände zum Segen erhoben hatten. Nonna schob mich direkt an einen großen Esstisch, an dem locker für zehn Leute Platz war.

»So«, sagte die alte Dame. »Die Karte wissen immer, wasse ist los!« Sie griff sich in den Ausschnitt und holte ein Amulett hervor, das sie abnahm und zwischen uns auf den Tisch legte. Dann setzte sie ihre Brille auf und griff sich noch einmal prüfend an den Haardutt. »Allora, du biste bereit?« Sie sah mich prüfend über den Rand ihrer Brillengläser an.

Ich nickte. Nicht dass ich an diesen Quatsch glaubte, aber so ein Kartenexperiment war sicher interessant.

Nonna langte nun in eine kleine Holzschatulle und zog einen Stapel abgegriffener Karten hervor, die sie, mit der Rückseite nach oben, vor mich hinlegte. »Jetzte du musste mischen!«

Ich tat wie geheißen und schob nach einiger Zeit die Karten wieder auf einen Stoß zusammen.

»Bene!« Nonna war zufrieden. »Jetzte, du musste überlegen eine Frage für die Karten!«

Klarer Fall: Werde ich den süßen Rollstuhlschieber bald wiedersehen oder gar in seinen Armen liegen?

»Jetzte, du ziehste drei Karte!«

Ich wählte drei aus und hörte im Geiste Frau Bauers Stimme: »Schon wieder?«

»Aaah!« Nonna sah mich wieder über den Rand ihrer Brille an. »Erste Karte iste Situatione, was du jetzte machen sollste.« Sie tippte mit ihrem Zeigefinger auf Karte, die die *Kraft* darstellte. »Iste gute Karte. Du sollste deine Ziele nicht verlieren aus die Auge.«

Bene. Also schön dranbleiben an Mister Sweet. Das kam mir sehr entgegen.

»Wenn du bleibste ostinato, äh hartenäckige, alles iste dann gut.«

Das war schon mal ein sehr guter Anfang. Nun drehte Nonna die zweite Karte um: Es war der *Mond*.

»Dies iste Karte mit Warnung«, erläuterte sie. »Viele Fantasia iste gefährlich, hä?«

Ich nickte und überlegte. Wahrscheinlich sollte ich mir im Vorfeld nicht allzu viel ausmalen. Schwierig, aber wenn es die Situation erforderte, würde ich diesen Rat brav befolgen. Nun war die dritte Karte dran und ich konnte nicht behaupten, dass die Darstellung des brennenden und einstürzenden Turmes mir besonders zusagte. Stand am Ende schon der nächste Umzug bevor, weil das Haus in Flammen aufgehen würde?

Nonna war da ganz anderer Meinung. »Iste sehr schöne Karte!«, rief sie. »Eine Neuanfang! Du musste alte Sache loslasse. Iste Befreiung von alte Sache.« Sie lehnte sich zufrieden zurück. »Iste Hilfe?«

Ich sortierte die neuen Erkenntnisse kurz: Ich sollte hartnäckig meine Ziele verfolgen und nicht allzu sehr vor mich hinträumen, dann würde es bald einen Neuanfang, inklusive Entsorgung der Altlasten, geben. Ich nickte. »Ja, das war sehr interessant!«

»Bene!«

Wieder zu Hause angekommen, stürzte ich mich voller Elan in die nächste Aufräumphase. Das war bei der Entsorgung verschiedener Altlasten bestimmt die richtige Strategie.

Ich baute gerade mein Bücherregal auf, damit ich auch die allerletzten Kisten leer räumen konnte, als mein Handy klingelte. Mister Sweet? Von wegen. Ein Blick auf das Display belehrte mich eines Besseren. Um nicht zu sagen: eines Schlechteren.

»Hi, Mum!«

»Schatz, hast du meine Mail bekommen?«

»Öööh ...« Ich überlegte krampfhaft, bis mir die von ihr vorgeschlagenen Themen zur Facharbeit wieder einfielen. »Ja, die habe ich bekommen.«

»Und?«

»Was und?«

»Ist da was Passendes für dich dabei?«

Man konnte fast glauben, dass meine Mutter diese Arbeit schreiben musste.

»Mum, ich habe im Augenblick wirklich andere Sachen um die Ohren und ich muss das Thema erst in sechs Wochen einreichen.«

Ich trommelte ungeduldig mit den Fingern auf dem halb fertigen Regal. »Ist sonst noch was?«

»Also, Ulla meinte, dass du dich unbedingt für Paula Modersohn-Becker entscheiden solltest, aber ich finde Hanne Darboven wesentlich interessanter!«

»Ist das nicht die mit der Glatze?«

»Schatz, das ist doch völlig zweitrangig, ob sie eine Glatze oder lange Zöpfe hat. Sie hat eine Botschaft und die solltest *du* anderen Menschen vermitteln!«

Als hätte ich nichts Besseres zu tun. »Warum macht sie das nicht selber?«

»Weil so etwas von allen Seiten kommen muss!« Meine Mutter war nun völlig in ihrem Element. »Frauen haben es doch in der Kunst, nein, Ulla, das habe ich ihr schon gesagt, einfach wesentlich schwieriger, nein, jetzt lass mich doch mal ausreden!«

»Ich habe doch gar nichts ...«, begann ich, aber meine Mutter schnitt mir wieder das Wort ab.

»Du wirst es selber noch früh genug erfahren. Schließlich bist du eine erwachsene junge Frau, die bald in der Kunstszene versuchen wird, Fuß zu fassen und, nein Ulla, Herr*gott* noch mal, jetzt halte dich hier *bitte* mal raus, ja?«

Der Ton, den meine Mutter ihrer Lebensgefährtin gegenüber anschlug, war mehr als genervt und ich war mir sicher, dass es dabei nicht nur um die Entscheidung Modersohn-Becker oder Darboven ging.

»Habt ihr ein Problem?«

»Haben wir, Schatz, aber ich möchte jetzt nicht darüber reden.«

»Aber sonst willst du auch immer über alles reden!«

»Aber nicht über dieses Thema.«

»Ich glaube, mich daran zu erinnern, dass du mir sagtest, dass du mich auf einer Stufe mit dir siehst und möchtest, dass ich eine Freundin für dich bin.«

Ha! Jetzt konnte ich dieses ganze Larifari auch mal anbringen.

»Aber nicht *jetzt*!«, rief meine Mutter. »Jetzt bist du meine 20-jährige Tochter.«

»Also längst volljährig …«

»Eine Tochter wird für eine Mutter immer eine Tochter bleiben und nie volljährig!«

Du meine Güte, gab es irgendwo ein Versandhaus, das *Logik* verschickte? Wenn ja, sollte sich meine Mutter mal einen Zentner gönnen …

»He, als Tochter darf ich es ja wohl wissen, wenn deine nächste Beziehung in die Brüche geht, oder? Scheidungskinder sind da sehr sensibel!«

»Du bist eine selbstständige junge Frau und hast dein eigenes Leben.«

Ach, plötzlich doch wieder.

Ich wollte immer schon mal ein wissenschaftliches Werk zum Thema *Wie ticken Männer eigentlich?* schreiben. Nicht dass ich dieses Geheimnis schon gelüftet hätte, aber soeben war mir klar geworden, dass die Welt auch noch auf einen anderen Ratgeber wartete: *Über den Umgang mit Müttern.* Fragte sich nur, welches der Bücher ich gerade am dringendsten bräuchte …

Dagegen hatte Anso etwas völlig anderes nötig: neue, strapazierfähige Nerven.

»Emma, wenn du mir heute hilfst, wird dir mein Dank ein Leben lang hinterherschleichen!«

Eine nette Vorstellung.

»Wo ist denn das Problem?«

»Hier drin.« Sie zeigte auf einen Polyesterbeutel, der neben ihr auf dem Boden stand und laut Aufkleber ein *Easy Camp Rimini 2000* enthielt.

»Beißt es wohl?«

»Sehr witzig«, stöhnte Anso. »Bitte hilf mir! Ich habe noch nie in meinem Leben ein Zelt aufgebaut und dieser Typ kommt schon viel eher als vereinbart.«

»Hierher?«, fragte ich.

»Nein, ins Hotel!«

»Aber ich mache heute doch blau«, erinnerte ich sie. »Wenn mich einer von der Schule sieht, bin ich dran.«

»Das Firmenauto steht direkt vor der Tür und im Hotel fahren wir in die Tiefgarage«, beruhigte mich meine Freundin. »Bitte!«

»Okay, aber ich muss dich darauf aufmerksam machen, dass ich auch keine Zeltaufbau-Erfahrung habe«, warnte ich sie.

»Hauptsache, wir kriegen es hin, bevor dieser Typ aufkreuzt«, sagte Anso. »Angeblich verliert er seine Fähigkeit zu zaubern, wenn er nicht alles genau so vorfindet, wie er es braucht, und du kannst dir vorstellen, wie *Machmal* deswegen im Dreieck springt ...«

Nachdem Anso dem Mann an der Rezeption eine wirre Story über schwierige Künstler geliefert hatte, ließ man uns in das für *Magic David* reservierte Hotelzimmer.

»Jetzt machen wir erst mal einen Plan«, sagte ich und ließ mich in einem bequemen Sessel nieder. »Wir sollten das Zelt so hinstellen, dass wir die Zeltleinen an irgendwelchen Möbeln oder Heizkörpern festmachen können.«

»Allzu viel Spielraum haben wir aber nicht«, sagte Anso und hielt einen Kompass hoch. »Unser magischer David wünscht mit dem Kopf nach Süden und den Füßen nach Norden zu schlafen.« Sie klopfte auf das Gerät und lief im Zimmer auf und ab. »Da müsste Norden sein!« Sie zeigte auf eine Zimmerpalme.

»Jetzt stecken wir das Ganze erst mal zusammen!« Ich schüttete den Beutelinhalt von *Rimini 2000* auf den Boden und vertiefte mich in die Anleitung. Alles halb so wild. Eine Viertelstunde später hatten wir es geschafft.

»Jetzt müssen wir nur noch zusehen, dass wir den Boden eben kriegen.« Ich umrundete das Teil, das wie eine ungleichmäßige Kugel aussah. »Fragt sich nur, wie ...« Ich schob das Zelt Richtung nördliche Palme. »Und wenn er auf der Nord-Süd-Konstellation besteht, wird der Gute große Probleme haben, ins Zelt zu kriechen.«

»Das ist nicht mein Bier!« Anso quetschte sich in die Ecke und sah ins Zeltinnere. »Vielleicht sollten wir die Ecken eine Zeit lang mit etwas Schwerem fixieren ...«

Ich zeigte auf eine große Bodenvase. »Damit vielleicht?«

»Gute Idee«, fand Anso. »Und wir füllen sie mit Wasser, damit sie auch richtig schwer ist!«

»Und wenn das Teil umfällt?«

»Wie soll denn so eine schwere Vase umfallen, wenn keiner im Zimmer ist?« Schon saß sie am Telefon und orderte an der Rezeption drei weitere, möglichst wuchtige Vasen. »Wissen Sie, der Gast kriegt im Allgemeinen riesige Blumensträuße von seinen Fans«, säuselte sie in den Hörer. »Stellen Sie sie einfach vor die Tür von Zimmer 367. Den Rest erledigen wir schon!«

Fünf Minuten später standen vier bis oben hin mit Wasser gefüllte Bodenvasen im Zelt und wir beschlossen, uns die Zeit, die das Zelt brauchen würde, um einen flachen Boden zu bekommen, an der Hotelbar bei einer Latte macchiato zu vertreiben.

»Wie viele Leute hast du denn schon für Samstag eingeladen?«, fragte ich. »Wir sollten uns langsam mal um die Planung von dem Ganzen kümmern.«

Anso überlegte, während sie an ihrer Latte nippte. »Bei mir kommen vielleicht so fünfzehn Leute zusammen. Und bei dir?«

»Auch so um den Dreh«, sagte ich. »Und wenn wir schlau sind, schreiben wir gleich schon mal eine Einkaufsliste. Dann können wir das Angebot von Max, heute gegen Abend mit ihm in den Supermarkt zu fahren, annehmen und alles auf einen Schlag erledigen!«

»Gute Idee«, brummte Anso. »Aber ab nächster Woche ist Kathy für alles zuständig. Ich habe es satt, dass sie ausgerechnet immer dann in der Redaktion gebraucht wird, wenn sie mit Einkaufen dran ist!«

Schon bald waren wir völlig in unsere Planung vertieft und tauchten erst wieder auf, als sich der Herr von der Rezeption neben uns aufbaute.

»Hier sind Sie ja!«, rief er. »Herr Henning von *Super-Events* hat Sie schon gesucht!«

»Wie?« Anso starrte den Mann mit großen Augen an. »Hier im Hotel?«

»Er ist soeben in den Lift gestiegen. Und er hatte es sehr eilig.«

Wir sahen uns eine Sekunde lang an, dann rannten wir zu den Aufzügen.

»Lieber Gott, lass uns bitte nicht zu spät oben ankommen«, betete Anso, während sie wie verrückt alle möglichen Knöpfe drückte. »Bitte!«

Gefühlte drei Stunden später waren wir oben, sprangen aus der Fahrstuhlkabine und rasten den Flur im dritten Stock entlang. Zu spät. Bevor wir Zimmer 367 überhaupt erreicht hatten, hörten wir *Machmal* schon brüllen.

Anso schloss die Augen und holte tief Luft. »Jetzt heißt es gaaaanz ruhig bleiben ...« Dann öffnete sie die Hotelzimmertür.

Das Bild, das sich uns nun bot, übertraf all unsere Befürchtungen um Längen. Herr Henning stand klatschnass vor dem Bett und schrie in sein Handy. Aber nicht nur Ansos Chef war völlig durchweicht, auch der Teppichboden im Zimmer war regelrecht geflutet und schlug bereits Wellen.

»Hoffentlich allianzversichert«, flüsterte ich und flüchtete wieder in den Flur, denn ich spürte, dass ich kurz davor war, einen schrecklichen Lachkrampf zu kriegen.

»Kannst du mir mal erklären, was du dir hierbei gedacht hast?« Ansos Chef hatte sein Telefonat unterbrochen, um sich seinen Lehrling vorzuknöpfen. »Ich hatte dich gebeten, ein Zelt aufzubauen! Davon, das Zimmer in einen Swimmingpool zu verwandeln, war nie die Rede!« Er stampfte wütend mit dem rechten Fuß auf, was zur Folge hatte, dass nun auch meine Freundin nass war.

»Der Zeltboden war unter keinen Umständen gerade zu kriegen und daher habe ich einen Trick angewendet«, erklärte Anso, beide Hände in die Seiten gestemmt. »Ich konnte ja nicht ahnen, dass *Sie* hierherkommen und alles in kürzester Zeit zerstören, oder?«

Gut, Anso! Gib's ihm!, dachte ich, während ich das Schauspiel in sicherer Entfernung beobachtete. Anso gehörte zu den Leuten, die lange geduldig sind, aber wenn sie mal explodierte, dann richtig.

»Ach?! Das ist ein *Trick*?« Herr Henning fuchtelte wild mit den Händen herum. »Dabei war *ich* der Meinung, dass wir für *Tricks* diesen Zauberer eingeladen hatten! Und jetzt soll *ich* auch noch an dieser Sauerei schuld sein?«

»Natürlich! Wer denn sonst?« Anso schnaufte. »Oder wollen Sie behaupten, dass *ich* diese Unordnung hier veranstaltet habe?«

»Aber *du* hast die Grundlage für diesen Wahnsinn geschaffen!« Er deutete mit dem Zeigefinger auf meine Freundin. »Jawohl!«

»Sie erzählen mir doch immer wieder, dass ich selbstständig handeln soll«, sagte Anso, die jetzt mit verschränkten Armen vor ihrem Chef stand. »Und dass ich Sie nicht bei jeder Kleinigkeit um Rat bitten soll.« Sie lachte kurz auf. »Aber befolgt man Ihre Anweisungen, ist es auch wieder nicht in Ordnung. Was wollen Sie eigentlich?«

»Was ich will...«, Hennings Stimme wurde ganz leise, »... ist jetzt ganz leicht zu verstehen. Ich möchte, dass du dich in den kommenden Tagen nicht in der Nähe von *Magic David* aufhältst.« Er ließ sich auf das Bett sinken. »Nimm frei, verlass die Stadt, meinetwegen kannst du dafür einen Firmenwagen nehmen. Aber geh!«

»Ist das Ihr Ernst?« Anso sah ihren Chef verblüfft an.

»Mein voller Ernst!« Er legte sich auf den Rücken und starrte an die Decke. »Aber geh jetzt!«

»Und warum hast du dir den Firmenwagen nicht geholt?«, fragte Max, als wir gegen fünf zu Jürgen und ihm ins Auto stiegen.

»Weil ich es schaffen würde, sämtliche Autos auf dem Tengelmannparkplatz zu verbeulen«, kicherte Anso. »Ich bin schon so lange nicht mehr gefahren, da ist mir das Risiko doch etwas zu groß.«

»Danke für die Warnung«, sagte unser Nachbar, als er den Wagen startete. »Dann werde ich nie in Versuchung geraten, dir mein Taxi zu leihen!«

Im Supermarkt war die Hölle los und wir beschlossen, getrennt loszugehen und uns am Auto wiederzutreffen.

»So, jetzt wollen wir das Ganze mal mit viel System angehen!« Anso las unsere Einkaufsliste durch und nickte. »Am besten fährst du den Wagen, ich kümmere mich um die Logistik.« Sagte es und schob mich in die Obst- und Gemüseabteilung. »Zitronen …« Schon plumpsten einige Netze in den Einkaufswagen. »Limonen … Tomaten …« Alles, was im Einkaufswagen landete, wurde auf der Einkaufsliste sofort von ihr durchgestrichen.

»Nein, ich weigere mich, diese Apfelsinen zu kaufen!«, hörten wir Jürgen ein paar Meter weiter zetern. »Ich will Bio-Ware. Wie oft muss ich dir das denn noch sagen?«

»Dann hol sie dir, aber hör auf, hier herumzulamentieren!« Max klang ziemlich genervt.

»Ich glaube, ich würde es keine drei Stunden mit dem Typen

aushalten«, sagte Anso leise. »Komm, wir machen weiter bei *Brot und Gebäck*!«

Vor dem Regal mit schätzungsweise 37 verschiedenen Grissini-Sorten blieben wir stehen. Anso angelte sich die bunteste Packung aus dem Regal und wollte sie schon in den Wagen legen, aber ich bremste sie.

»Das hier«, ich zeigte auf das Angebot, »ist ein klarer Fall für den Kilopreis.«

»Für den *was*?« Anso verstand nur Bahnhof.

»Kilopreis«, wiederholte ich und zeigte auf die verschiedenen Preisschildchen. »Da: Preis pro Kilo. Siehst du?«

Anso nickte.

»Und deine bunte Packung schneidet eindeutig schlecht ab!« Wieder zeigte ich auf die Schildchen. »Siehst du? Diese sind viel billiger.«

»Aber die Packungen sehen beknackt aus.«

»Willst du Grissinis essen oder Karton mampfen?«

»Das Auge isst mit«, murmelte meine Freundin, stellte die Schachtel aber wieder ins Regal und nahm mehrere von der anderen Marke. »Aber bitte, wenn du meinst.«

Ich nickte. Meine Mutter mochte oft einen Hau haben, aber in dieser Sache hatte sie schon recht und schließlich konnten wir das Geld nicht eimerweise ausgeben.

Eine Dreiviertelstunde später hatten wir es geschafft und standen direkt hinter Jürgen und Max an der Kasse.

»Und? Alles bekommen?«, fragte Max, der richtig abgekämpft aussah.

»Alles da«, sagten wir fröhlich. »Jemand ein Cookie?«

Jürgen sah Anso an, als hätte sie ihm eine lebende Klapperschlangen angeboten. »Danke, aber gegen diese Sachen bin ich allergisch.« Er zeigte auf die Zeile *Kann Spuren von Erdnüssen enthalten*. »Damit kann man mich direkt ins Grab befördern!«

»Echt?« Anso, den Mund voller Cookie, sah ihn erstaunt an. »Ich würde eher sterben, wenn ich den Kram nicht essen dürfte!«

»Und *ich* laufe Amok, wenn du die Sachen nicht sofort aufs Band legst«, teilte Max Jürgen mit. »Danach dürften deine Allergien das kleinere Übel sein …«

Gibt es für jeden Menschen auf der Welt eine ganz bestimmte Aufgabe?

Wie auch immer, am Samstagnachmittag hatten wir jedenfalls eine wichtige Aufgabe gestemmt: Alles war fertig für die Einweihungsparty!

»Ein Glück, dass wir so viele willige Freunde haben, die leckere Häppchen machen können«, sagte Phillip, während er noch eine Handvoll geschnittene Petersilie in die Schüssel mit Thunfischmousse gab. »Sonst hätten wir mit Dosenbier und Salzstangen feiern können.«

»Wo gibt es Salzstangen?« Max kam gerade mit einer Platte Bruschetta in die Küche. »Diese Kocherei macht schrecklich hungrig.«

»Salzstangen gibt's nicht«, sagte ich und warf ihm ein Stückchen Weißbrot zu. »Das ist alles, was wir dir bis heute Abend bieten können!«

»Allora!« Die Tür ging erneut auf und Nonna kam in die Küche. »Ich habe eine kleine Spezialitäte gemacht!«, sagte sie stolz. »Iste gar nicht schlechte …«

Das glaubten wir ihr sofort. Schon der Geruch des Rosmarinbratens ließ uns das Wasser im Mund zusammenlaufen. Ich nahm ihr die Platte ab und stellte sie auf die Anrichte. »Vielleicht sollten wir den Braten zuerst selber testen«, schlug ich uneigennützig vor. »Nicht dass er von irgendwelchen hungrigen Partygästen ohne Sinn und Verstand einfach weggemampft wird.«

»Gute Idee«, fanden meine Mitbewohner. Und auch Max stellte sich gerne als Versuchskaninchen zur Verfügung.

Gegen neun war unsere Bude schon richtig voll und ich saß mit Phillip dort, wo jede gute Party begann und endete: in der Küche.

»Wenn man selber Single ist, hat man das Gefühl, dass die ganze Welt um einen herum aus Pärchen besteht«, brummte ich und zeigte auf den nächsten Pulk, der zur Tür hereinkam. »Da! Alles im Zweierpack!«

»Und von dem schönen Rollstuhlschieber immer noch keine Nachricht?«

»Null. Wahrscheinlich hat Kathy ihn so verschreckt, dass er glaubt, selber irgendwelche Demenzprobleme zu haben.« Ich seufzte tief. »Bestimmt sehe ich ihn nie wieder …«

»Quatsch!«, sagte Phillip und legte seinen Arm um meine Schultern. »Ich habe mir schon überlegt, ob er vielleicht Zivildienst macht. Könnte doch sein, oder?«

»Könnte sein«, gab ich zu. »Aber wie viele Zivistellen gibt es denn in einer Stadt mit … schätzungsweise 450.000 Einwohnern?« Ich schüttelte den Kopf. »Suchen ist da zwecklos, glaub mir! Und bei meiner momentanen Glückssträhne sowieso …«

»Also wirklich, so ein Trottel!« Anso kam auf uns zu, während sie sich heftig an die Stirn tippte. »Stellt euch vor: Ich steh im Flur und warte, bis das Klo mal wieder frei ist, da baut sich so ein Macho neben mir auf und fängt an, mit seinen Bettqualitäten zu protzen!«

»Vielleicht wollte er Sex mit dir?« Ich nippte an meinem Glas und grinste.

Meine Freundin brummte nur.

»Oder er hat gerade einen Film über Schimpansen gesehen«, überlegte Phillip. »Hat er sich auch mit beiden Fäusten auf die Brust getrommelt?«

Anso kicherte. »Vielleicht stand das noch auf dem Programm, aber dann tauchte eine Tussi auf, die sich mir sehr deutlich als seine Freundin vorstellte, mich mit eisigen Blicken bedachte und sagte, sie müsse ihm sofort jemanden vorstellen. Dann packte sie seine Hand und zerrte ihn weg.«

»Hoffentlich pinkelt er uns jetzt nicht ins Treppenhaus!« Phillip stand auf. »Ich muss euch mal eben verlassen, Mädels. Ein paar von meinen Freunden sind gekommen und wollen die neue Luxusbleibe besichtigen. Bis später!«

»Ob es einen heimlichen Krieg gibt zwischen Singles und denen, die in festen Beziehungen leben?«, fragte ich nach einem Moment des Schweigens.

»Ich weiß nicht«, sagte Anso. »Aber manchmal kommt es mir so vor, als würde jeder den anderen um seine Position beneiden.« Sie nahm sich eine Scheibe Weißbrot und kaute bedächtig darauf herum.

»Du meinst, das, was man gerade nicht hat, ist das Bessere?«

»So in etwa«, sagte sie mit vollem Mund. »Diese dämliche Kuh da vorhin hat mich angeschaut, als wäre ich drauf und dran, mit ihrem Freund in die Kiste zu springen. Als wäre ich hinter jedem Männerarsch her, der in meinem Blickfeld auftaucht!« Sie drehte sich zu mir her. »Oder mache ich etwa so einen Eindruck?«

»Blödsinn«, sagte ich. »Aber deine Kollegen fallen gerade durch die Tür! Frage sie mal, wie es *Magic David* im Zelt gefallen hat!«

»Gute Idee.« Sie wuschelte mir kurz durch die Locken und schwirrte ab.

Ich beschloss, mich ebenfalls ins Gewühl zu stürzen, und zeigte ein paar Leuten von meiner Klasse die Wohnung.

»War vielleicht ein blöder Sonntag damals, aber dieser Wohnungstausch hat sich voll gelohnt«, sagte Jonas. »Eigentlich solltest du mir dankbar sein.«

Ich knuffte ihn in die Seite. »Ja, ja, schon gut«, sagte ich grinsend und überlegte mir nicht zum ersten Mal, wie schade es war, nicht in Jonas verliebt zu sein. Er war sympathisch, sah gut aus, hatte Witz und wir hatten jede Menge gemeinsame Interessen. Aber leider brachte er meine Gefühle kein bisschen in Wallung. Vielleicht auch besser, sagte ich mir gerade, als einer durch die Tür kam, bei dem meine Hormone schon mal gewaltig ins Rotieren gekommen waren: Tom.

Ich nickte ihm nur kurz zu und mischte mich unter die Gäste. Vielleicht würde er einfach wieder abhauen, wenn ich ihn nicht weiter beachtete.

In Kathys Zimmer gab ihre Kollegin Clarissa gerade einen Schwank aus ihrem Leben zum Besten. Clarissa hatte immer Ärger mit ihrem Rücken und kannte daher mittlerweile fast alle Fachärzte in der Stadt.

»Also sagte dieser Arzt, ein ganz Süßer übrigens, ich sollte mich mal für einen Yoga-Kurs anmelden. Das wäre Gold für meinen Rücken. Also gut, dachte ich mir. Wenn er meint …« Sie sah uns der Reihe nach an. »Aber dass die Volkshochschule derart abgeflippte Eso-Tanten einstellt, hat mir vorher keiner verraten.« Sie stand auf und stellte sich in die Mitte des Zimmers. »Es ging schon gut los. Diese Yoga-Mutti, ganz in wallendes Orange gekleidet, stellte sich hin und rief ›Willkommen beim Göttinnenyoga!‹« Clarissa räusperte sich. »*Wir werden nun die innere Göttin in uns spüren!*«, sagte sie mit verstellter Stimme. »*Öffnet eure Chakras, ihr Göttinnen!*« Sie zeigte uns einen Vogel. »Da fühlte ich mich dann doch ein bisschen verarscht. Ich wollte nichts öffnen, ich wollte einen gesunden Rücken. Mehr nicht!« Sie brachte sich wieder in Position. »Egal, es ging gleich weiter. ›*Immer mit den Hüften schwingen*‹, rief die Chakra-Tante. ›*Öffnet euch wie eine Lotusblüte und greift nach den Sternen!*‹« Clarissa wischte sich gespielt die Stirn. »Also, eins kann ich euch schon mal verklickern: Der Lotustyp bin ich nicht. Und meine innere Göttin hat sich zum Glück auch nicht blicken lassen.« Sie nahm einen Schluck aus ihrem Glas. »Stell dir vor, die steht plötzlich vor dir und du findest sie komplett unsympathisch! Dann hast du neben deinem Rücken noch ein weiteres Problem …«

»Und deine Schmerzen?«, fragte eine Frau mit streichholzkurzen Haaren.

»Die waren allerdings wie weggeblasen«, grinste Clarissa. »Wahrscheinlich hatte mein Körper die Panik, dass ich da noch mal hingehe!«

Ich lachte und spürte, dass sich jemand dicht hinter mich stellte.

»Na, Honey, wie wäre es, wenn wir beide auch mal wieder nach den Sternen greifen?«, fragte eine tiefe, sonore Stimme. Gleichzeitig legte Tom seine linke Hand auf meine Pobacke. »Das hat doch immer ganz gut geklappt, weißt du noch?«

»Nimm deine Hand da weg«, zischte ich. »Und lass mich in Frieden!«

»Holla!«, spielte Tom den Überraschten. »Bist du wohl wieder in festen Händen?«

»Ja, mehr oder weniger.«

»Mehr ... oder weniger ...« Tom ließ sich die Worte auf der Zunge zergehen. »Das klingt ja interessant.«

Nein, es klang mehr als bescheuert. Es klang wie *Die Parteien haben über ihre zukünftige Position noch keine Einigkeit erzielt, sind sich aber im Klaren darüber, dass Handlungsbedarf besteht.*

»Also, was denn nun?«, bohrte Tom weiter. »Mehr oder weniger?« Seine Augen hatten dieses spöttische Lächeln und die Sache machte ihm sichtlich Spaß.

»Vergiss es«, war alles, was mir dazu einfiel, und ich schwor mir, den Kurs *Schlagfertig reagieren leicht gemacht* an der Volkshochschule zu belegen, falls denn so etwas angeboten wurde.

»Ach Honey ...« Tom sah mich kopfschüttelnd an. »Du weißt einfach nicht, was gut für dich ist. Wirklich schade, denn du wirst von Tag zu Tag hübscher ...« Dann drehte er sich um, mischte sich unter die anderen Gäste und ließ mich mit meiner Wut alleine zurück.

War es denn zu fassen? Warum glaubten alle Leute, sich in mein Leben einmischen zu müssen? Warum war jeder der Meinung, er wisse, was gut für mich war? Hatte ich sie etwa darum gebeten? Nee, oder? Zu keiner Zeit! Ich holte mir ein Glas Rotwein, setzte mich auf die Truhe im Flur und versuchte meine Gedanken zu ordnen. Gar nicht so leicht, denn ich war wirklich wütend. Vor allem auf mich selbst, wie ich merkte, und es ging dabei nicht nur um Tom, sondern auch um meine Mutter. Warum ließ ich zu, dass sie sich pausenlos in meine Angelegenheiten mischte? Und warum hatte ich diesen Tom immer nur so angeschmachtet? Klar, er sah gut aus, aber wenn ich jetzt an die Zeit mit ihm zurückdachte, fielen mir hauptsächlich die vielen Frustmomente ein, die ich immer gut unter Verschluss gehalten hatte. Momente, in denen ich ihm gefallen wollte und es doch nie ganz schaffte. Tage, die ich am Telefon verbrachte, um ja zu Hause zu sein, falls es dem Herrn mal einfiel, sich bei mir zu melden. Klamotten, die ich kaufte, nicht weil sie mir gefielen, sondern weil ich ihm gefallen wollte. Mein Gott, Emma, und wegen diesem Kerl hast du vor zwei Wochen noch weiche Knie bekommen …

Vielleicht hatten die Karten von der Nonna eine ganz andere Bedeutung? Ich hatte dabei natürlich wieder nur an einen Typen gedacht, aber vielleicht bezogen sie sich auf mein Leben allgemein? Etwas geht in Flammen auf und ich muss loslassen und einen Neuanfang wagen! Aus dem Zimmer von Phillip kam gnadenlos gute Musik und mit einem Ruck stand ich auf. Ich würde heute Nacht tanzen, bis ich nicht mehr konnte. Scheiß auf diese ganzen Beziehungskriege! Die Männer konnten mich alle mal. Und meine Mutter dazu! »Ab sofort bestimmst *du* über dein Leben und steigst aus dieser verdammten Gefühlsachterbahn aus!«, sagte ich gerade zu mir, als Kathys Kollege Dominik vor mir auftauchte.

»Hast du Kathy zufällig gesehen? Ich habe ein kleines Einweihungsgeschenk für sie.«

»Keine Ahnung«, sagte ich. »Aber wir gehen sie mal suchen!« Ich hakte mich bei ihm ein und zusammen mischten wir uns unter das Partyvolk. Armer Dominik. Für ihn ging die Achterbahnfahrt erst los und ich bezweifelte, dass er in nächster Zeit viel Spaß dabei haben würde …

Gegen drei saß ich, glücklich und groggy vom vielen Tanzen, mit Kathy, Anso, Phillip, Clarissa, Lena und Jonas in der Küche und wir erzählten uns gegenseitig, was wer so alles erlebt und beobachtet hatte.

»Jemand noch einen Kaffee zum Tratsch?« Alle Hände gingen hoch und ich machte mich daran, die Kaffeemaschine in Gang zu setzen.

»Hast du Tom überhaupt getroffen oder hast du ihn vor lauter Tanzen gar nicht bemerkt?«, fragte Kathy.

»Und ob ich ihn bemerkt habe!« Ich nahm einen Schwung Tassen aus dem Schrank und stellte sie auf den Küchentisch. »Aber das Treffen verlief nicht so, wie er sich das vorgestellt hatte …« Ich seufzte. »Nur anstatt ihm mal so richtig die Meinung zu geigen, stotterte ich nur blöde herum. Wie schaffst du das nur, dass dir immer solche Knallersätze einfallen?«

Kathy zuckte die Schultern. »Wahrscheinlich, weil ich mich gegen meine zwei älteren Brüdern durchsetzen musste. Wenn ich mir da alles hätte gefallen lassen, wären die beiden Achterbahn mit mir gefahren.«

»Es ist nun mal nicht jeder so schlagfertig«, tröstete Lena mich. »Hauptsache, du bist nicht wieder schwach geworden und hast ihm was versprochen.« Sie sah mich eindringlich an. »Hast du doch nicht, oder?« Auch Lena hatte das Tom-Desaster damals in voller Länge mitbekommen und mich immer wieder aufgerichtet.

Ich schüttelte den Kopf. »Nein, Ehrenwort.«

»Ich habe heute Nacht noch eine richtige Pärchenallergie bekommen.« Anso rührte in ihrem Kaffee. »Nach dem ersten beknackten Vorfall mit diesem Schimpansen ging es gleich weiter.« Sie erzählte kurz, was es mit dem Affen vor der Klotür auf sich gehabt hatte. »Später habe ich mich mit einem Typen am Büfett unterhalten. Völlig neutrales Gesprächsthema, ehrlich. Es ging um eine Ausstellung und er hatte von diesem Künstler echt viel Ahnung. Aber kaum setzten wir uns hier irgendwohin, um in Ruhe was zu essen und uns weiter zu unterhalten, stellte sich auch schon eine missgelaunte Blonde hinter ihn.« Anso schüttelte den Kopf. »Er stellte uns dann auch noch sehr freundlich vor, worauf *sie* nichts Besseres zu tun hatte, als mich biestig anzustarren und mich explizit darauf aufmerksam zu machen, dass sie seine *Freundin* wäre. So, wie sie dieses Wort aussprach, klang es wie *alleinige Inhaberin*. Ich fühlte mich echt total bescheuert!«

»Richtig schlimm wird es, wenn Pärchen nur noch in der Wir-Form sprechen!« Phillip sah angewidert in die Runde. »*Wir* haben uns gestern einen Film im Kino angeschaut. *Wir* essen am liebsten Gemüselasagne… Wir, wir, wir. Nicht zum Aushalten! Weder bei Schwulen noch bei Heteros.«

Genau der Gedanke, der mir heute Abend durch den Kopf gegangen war. Auch ich hatte bisher in jeder Beziehung ganz schnell meine Eigenständigkeit aufgegeben, aber damit war nun Schluss!

»Hast du denn eigentlich eine feste Beziehung?«, fragte ich Phillip. Das wollte ich die ganze Zeit schon fragen, aber ich wollte nicht allzu neugierig scheinen.

»Im Augenblick nicht«, sagte er. »Ich bin immer noch dabei, die letzte zu verdauen, und kann auf Probleme dieser Art im Augenblick gerne verzichten.«

»Och, mir gefällt es gerade sehr gut mit Kevin«, ließ Kathy uns wissen.

»Wo ist der überhaupt?« Anso schenkte sich noch mal nach. »Der ist schon ziemlich schnell verschwunden, oder?«

»Seine Mutter besucht ihn dieses Wochenende«, sagte Kathy. »Und er wollte sie um zehn vom Zug abholen. Sie verstehen sich super und wollen was gemeinsam unternehmen.«

»Dann ist ja gut«, sagte ich. »Ich hatte schon Angst, er ist mit einer anderen abgeschwirrt.«

»Kevin vielleicht nicht, aber ansonsten war die Fete heute die reinste Partnerbörse«, grinste Lena. »Vor allem eure Speisekammer wurde heftig frequentiert!«

»War das vielleicht euer hübscher Nachbar Christian?«, fragte Clarissa. »Der lässt ja nichts anbrennen …«

»Keine Ahnung, jedenfalls gibt es einen regelrechten Besenkammer-Hype«, lachte Lena. »Seit Boris Becker es damals mit diesem Model dort getrieben hat, ist das zu einer beliebten Variante auf Feten geworden!«

»Im Ernst?« Ich staunte. »Also, das würde mir dann doch etwas zu schnell gehen.«

»Interessantes Thema«, fand Jonas. »Das wollte ich euch Mädels sowieso schon immer mal fragen: Gibt es da eigentlich einen Geheimkodex bei euch? Muss man soundso oft miteinander ausgehen, bevor ihr euch auf Sex einlasst?«

»Keine Ahnung«, sagte Clarissa. »Da gehe ich immer nach dem Bauchgefühl.«

»Stimmt. Ich war einmal der Meinung, dass ich eine gewisse Zeit verstreichen lassen sollte«, sagte ich. »Und was war das Ende vom Lied? Der Typ war im Bett der absolute Flop. Mies. Beknackt. Wisst ihr, was ich meine?«

»Dazu braucht man wirklich keine große Fantasie«, kicherte Anso. »Aber manchmal überlege ich mir, ob Romantik nicht genauso wichtig ist wie Sex.«

»Das eine schließt das andere nicht aus«, belehrte Phillip uns. »Ich hatte mal einen superromantischen Freund *und* wir hatten supertollen Sex!«

»Ich frage nur deshalb, weil ich mal eine Freundin hatte, die meinte, dass es eine Art Reife ist, wenn man solche Gelüste abwarten kann«, sagte Jonas.

Clarissa lachte schallend. »Dann glaub mir mal, dass diese Freundin einen Schlag hat.«

»Was ist das hier eigentlich?« Ich hielt etwas Rotes hoch, das aussah wie eine große dicke Gummihand mit vier knubbeligen Fingern.

»Das hat mir Dominik zum Einzug geschenkt«, murmelte Kathy. »Man kann es an den Badewannenrand hängen und den Kopf darauflegen.«

»Interessant.« Ich legte es probeweise in meinen Nacken und stellte mir vor, ich läge im warmen Wasser. »Ist bestimmt bequem. Aber mit Dominik hast du es nicht so, oder?«

Kathy zuckte die Schultern. »Das kann man so nicht sagen«, begann sie. »Aber er ist eben nicht der Typ, den ich mir für eine Beziehung vorstelle, versteht ihr?«

»Das ist dann wohl eher so einer wie Kevin?«

»Oh ja!« Kathy erwachte wieder zum Leben. »Kevin ist sooo süß! Habe ich euch schon erzählt, was er mir heute Abend zum Abschied gesagt hat?«

Wir schüttelten alle wie auf Bestellung den Kopf. Nein, das wollten wir heute Nacht beim besten Willen nicht mehr hören.

Wie sollte das nun alles weitergehen und was konnte ich dazu beitragen?

»Ich wäre für *Notting Hill*«, sagte Kathy. »*Notting Hill* und eine fette Salamipizza!«

»Waaallgh«, machte Anso. »Julia Roberts würde ich gerade noch ertragen, aber Hugh Grant ... nein, danke!«

»Und Pizza haben wir in letzter Zeit auch genug gehabt«, fand Phillip.

Es war heute nicht einfach, unsere Vorlieben unter einen Hut zu kriegen. Wir hatten sämtliche Fetenspuren beseitigt, den Müll entsorgt und jetzt nur noch eins im Sinn: einen gemütlichen Abhängabend mit Film und Fast Food.

»*Sex and the City* und gebratene Nudeln«, schlug ich vor.

»Aber die erste Staffel«, rief Anso. »Da ist Mr. Big noch so richtig knackig!«

»Und die Nudeln holen wir bei *Ni Hao*«, beschloss Phillip.

»Da sind wir aber lange unterwegs«, gab ich zu bedenken. Der Chinese kochte toll, war aber in der Nähe vom Bahnhof.

»Nicht wenn wir mit dem Auto fahren«, sagte Phillip und stand auf. »Also, kommst du mit?«

»Magst du *Sex and the City* überhaupt?«, fragte ich ihn, als wir beim Chinesen in der Straße einen Parkplatz suchten.

»Blöde Frage, natürlich!«

»Ich meine nur, da geht es doch zu 80 Prozent um Heteros.«

»Du vergisst den hübschen Stanford«, grinste Phillip. »Nicht dass er mein Typ wäre, aber ich finde ihn sehr amüsant!«

Er legte plötzlich eine Vollbremsung ein. »Apropos Typ. Ist das da vorne nicht Kathys Kevin?« Er zeigte auf den Gehsteig rechts vor uns und ich linste durch das Seitenfenster.

»Ist er«, sagte ich und mein Magen knotete sich auf der Stelle zusammen. Der junge Architekt in spe war nämlich nicht alleine, sondern lehnte mit einer Frau heftig knutschend an der Hauswand.

»Wusste ich doch, dass er sie verarscht«, sagte Phillip und fuhr ganz langsam an den beiden vorbei. »Wenn das seine Mutter ist, bin ich morgen schwanger!«

Wir parkten und gaben unsere Bestellung beim Chinesen auf.

»Und was machen wir nun?«, fragte ich, während wir auf das Essen warteten. »Erzählen oder nicht erzählen?«

Phillip zuckte die Schultern. »Die Frage ist eher: Würde sie uns überhaupt glauben?«

Eine gute Frage. Wenn Kathy sich etwas in den Kopf gesetzt hatte, war es verdammt schwer, sie vom Gegenteil zu überzeugen.

»Eher nicht«, sagte ich daher. »Am besten, wir lassen es mal darauf ankommen. Wenn sich eine gute Gelegenheit ergibt, können wir immer noch einen Versuch starten.«

Leichter gesagt als getan. Als Phillip und ich unsere Essenspakete auf dem Küchentisch ausbreiteten, kamen Kathy und Anso johlend auf uns zugerannt.

»Wir haben alles schon hergerichtet und können gleich durchstarten!«, rief Kathy und nahm mich kurz in den Arm. »Mensch, Emma, wenn uns vor zwei Wochen einer gesagt hätte, was für ’ne tolle Zeit auf uns zukommen würde, hätten wir dem doch einen Vogel gezeigt, oder?« Sie sah mich so glücklich an, dass mir das Herz in die Hose rutschte.

»Ja, manches hält man nicht für möglich«, sagte ich leise und verfluchte diesen Kevin.

Kurz darauf saßen wir in Ansos Zimmer vor der Glotze, mampften unsere Nudeln und gingen mit Carrie und ihren Freundinnen auf Männerjagd.

»Gleich lernt sie Mr. Big kennen!« Anso rutschte voller Vorfreude auf die vordere Kante ihres Schaukelstuhls und johlte, als Carrie mit ihm zusammenprallte. »Himmel, wäre mir *das peinlich*, wenn mir in so einem Moment acht Kondome aus der Handtasche fliegen würden«, kicherte sie.

»Besser so, als im entscheidenden Moment ganz ohne zu sein«, sagte ich. »Wie sieht's aus? Gleich die nächste Episode?«

Phillip angelte sich die DVD-Hülle. »Die hier!«, sagte er. »Das ist die Folge mit den scharfen Unterwäschemodels von Stanford!« Er stellte seinen leeren Teller neben Ansos Bett auf den Boden, stopfte sich ein weiteres Kissen unter dem Kopf zurecht und klatschte in die Hände. »Auf zum *Nachtisch*!«

»Kommt mir doch alles sehr bekannt vor«, sagte Kathy, während wir zusahen, wie Samantha, Charlotte, Miranda und Carrie bei chinesischem Essen über Männer diskutierten.

»Gleich kommt einer meiner Lieblingssätze«, freute ich mich. »Jetzt!«

»*Wann war eigentlich diese Konferenz, auf der alle Kerle beschlossen haben, dass sie nur noch für Giraffen mit Riesenbrüsten einen hochkriegen?*«, sprachen Anso und ich synchron mit Miranda.

»Oh Mann, sagt bloß, ihr kennt die ganze Staffel auswendig?« Phillip konnte es nicht fassen.

»Keine Bange«, sagte Kathy. »Sie haben nur ganz bestimmte Szenen drauf.«

Erst als Stanfords Wäschemodel zu sehen war, kamen die nächsten Kommentare: ein lang gezogenes »Mmmmmh« von Phillip und kurz darauf ein »Es wird mir immer ein Rätsel bleiben, warum Miranda mit einem derart unattraktiven Trottel wie Skipper etwas anfängt!« von Kathy. Dann Ruhe.

»Ohne diese Reihe wäre die Menschheit um einiges ärmer«, seufzte Anso, als auch diese Folge zu Ende war. »Wie beruhigend zu wissen, dass wir alle DVDs haben.«

Ich setzte mich auf. »Aber kann mir jemand von euch mal verraten, wie es möglich ist, dass Carrie Mr. Big in einer Stadt wie New York pausenlos über den Weg läuft und ich in einer wesentlich kleineren Stadt diesen süßen Rollstuhlschieber immer noch nicht wiedergesehen habe?«

»Du spielst eben nicht in einer Serie mit«, war Kathys lakonischer Kommentar. »Sonst hättet ihr euch schon längst getroffen.«

»Hätten wir auch, wenn du keine Panik in der Redaktion geschoben hättest«, erinnerte ich sie. »Aber mal ehrlich. Was könnte ich unternehmen? Abwarten und verzweifeln oder habe ich da noch andere Möglichkeiten?«

»Wenn du nur wüsstest, wo er abends ab und zu hingeht«, überlegte Anso.

»Weiß ich ja ...«, brummte ich. »Alle Jubeljahre zu den *Aktiven Senioren*. Wahrscheinlich werde ich ihm mit achtundsiebzig über den Weg laufen und dann werden wir feststellen, dass wir uns ein Leben lang nacheinander verzehrt haben.«

»Auch romantisch«, fand Phillip. »Aber ich bin mir sicher, dass ihr es schon vorher schafft.«

Kathy sah auf die Uhr. »Was meint ihr? Ob ich Kevin mal anrufen sollte? Er hat sich den ganzen Tag noch nicht gemeldet.«

»Besser nicht!«, sagten Phillip und ich wie aus einem Mund.

»Wie?« Unsere Freundin sah uns mit hochgezogenen Brauen an.

»Öh ...« Mein Verstand lief auf Hochtouren. Jetzt hieß es, Kathy um jeden Preis von Kevin abzulenken. Am Ende wollte sie noch kurz hinübergehen und seine Mutter kennenlernen!

»Vielleicht könnte er das aufdringlich finden«, sagte Phillip.

Sehr gut!

»Ich möchte ihm ja nur Gute Nacht wünschen«, sagte Kathy. »Was ist daran *aufdringlich*?«

»Vielleicht konzentriert er sich gerade voll auf seine Mutter«, gab ich zu bedenken. »Wenn sie sich so gut verstehen, stört das vielleicht gerade in dem Moment, verstehst du?«

Jetzt müsste ich nur noch *Mutter* durch *andere Freundin* ersetzen und Kathy wüsste, was Sache ist.

»Verstehe ich nicht«, sagte Kathy. »Was redet ihr da für einen Quatsch?«

Stimmt. Wir plapperten den reinsten Schwachsinn.

»Emma … Gibt es etwas, das ich wissen sollte?« Bei dieser Frage setzte sie ihren berüchtigten Röntgenblick auf.

»Ja, vielleicht schon«, murmelte ich. Ich war eine miese Lügnerin und vielleicht war es auch besser, sie wusste, woran sie war.

»Wir haben ihn beim Chinesen gesehen«, kam Phillip mir zu Hilfe. »Mit einer Frau, von der wir sicher sind, dass es sich nicht um seine Mutter handelt.«

»Und warum seid ihr euch da so sicher?«

»Weil man nicht mit seiner Mutter auf der Straße herumknutscht.« So, jetzt war es heraus.

»Ach du Scheiße«, war Ansos Kommentar.

Alle Augenpaare waren nun auf Kathy gerichtet. Es dauerte einige Zeit, bis die Bedeutung des letzten Satzes zu ihr durchdrang.

»Herumgeknutscht?«, fragte sie leise.

Ich nickte. »Heftig herumgeknutscht.«

Wieder Schweigen. Langes Schweigen.

»Und ihr seid euch ganz sicher, dass es Kevin war und nicht ein zufälliger Doppelgänger?«

»Er trug diese schöne alte Lederjacke«, sagte Phillip. »Nicht gerade ein Kleidungsstück von der Stange, oder?«

Kathy schüttelte den Kopf. »Nicht wirklich.«

»Männer geben, Frauen empfangen. Das ist ein biologisch geregeltes Schicksal«, zitierte Anso Samantha. »Und ich fürchte, *du* empfängst in diesem Fall gerade die Arschkarte ...«

»Was wirst du jetzt machen?«, fragte ich meine Freundin. Kathy und ich hatten schon gemeinsam im Sandkasten gespielt und ich wusste, dass sie zur wahren Rachegöttin werden konnte, wenn man sie hinterging.

»Ich werde erst einmal abwarten«, sagte Kathy, sehr beherrscht. »Mal sehen, was er mir morgen bei unserem Ausflug vom Besuch seiner Mutter berichtet.«

»Und wenn er tatsächlich eine andere hat?«, fragte Phillip.

»Dann wird er den Tag seiner Geburt noch verfluchen ...«

Wann sind die Nerven am Durchdrehen und es ist Schluss mit lustig?

An einem Montagmorgen bei jeder Störung vor *sieben* Uhr, auch wenn es sich dabei um eine gut gemeinte Warnung per Handy handelt.

»Bist du in den letzten Tagen rein zufällig dazu gekommen, dir die Kapitel 23 und 24 im Kunstgeschichtsbuch anzuschauen?«, wollte Jonas wissen.

»Im *was*?« Um diese Zeit war mir sogar meine Schuhgröße ein Rätsel.

»Kunst-ge-schichts-buch«, wiederholte er langsam. »Ich habe soeben aus absolut vertrauenswürdiger Quelle erfahren, dass die Jelen heute einen Test schreibt«, sagte er. »Ich dachte, das interessiert dich vielleicht.«

Allerdings. Ich hatte ein wirklich breit gefächertes Interessengebiet, aber der Dom zu Speyer … am Montagmorgen … »Das geht schon mal gar nicht!«, würde die schöne Sanyavala sagen.

»Danke für die Warnung!«, sagte ich. »Dann werde ich heute wohl besser zu Hause bleiben und mich geistig auf die kommende Woche vorbereiten.«

Gegen acht bekam ich Hunger. Ich stand auf und wollte gerade in die Küche gehen, als es klingelte. Und nicht nur das, es trommelte auch jemand ungeduldig gegen die Tür.

Mein erster Gedanke war: Mister Sweet hatte meine Adresse herausgefunden und stand nun mit frischen Brötchen auf der Matte, um mich zu überraschen.

Ich riss die Tür auf und wurde sofort eines anderen belehrt: Dort stand ein alter Herr, der mir statt Brötchentüte einen beschrifteten Plastikbehälter in die Hand drückte.

»Wie gewünscht frischer Urin!«, sagte er fröhlich. »Sind Sie neu in der Praxis?«

Er starrte mich kurz durch seine dicken Brillengläser an und ging dann an mir vorbei. »Potz Blitz!«, rief er. »Kaum ist man mal ein paar Wochen nicht da, schon baut der Herr Doktor alles um!«

In diesem Augenblick kapierte ich, was gespielt wurde.

»Die Praxis ist umgezogen, Herr äh …« Ich schaute auf den Behälter, den ich immer noch vorsichtig zwischen Zeigefinger und Daumen hielt. »Herr Kellermann. Sie finden den Herrn Doktor jetzt unten im Parterre!«

Aber Herr Kellermann war nicht zu bremsen. »Da sind ja noch mehr neue Gesichter!«, rief er und steuerte mit ausgestreckter Hand auf Anso und Kathy zu, die bei dem Lärm aus der Küche gekommen waren. »Was für eine Überraschung!«

»So. Jetzt bekommen Sie erst mal *dies* hier wieder zurück.« Ich drückte Herrn Kellermann den Urinbecher in die Hand und schob ihn sanft, aber bestimmt Richtung Treppenhaus. »Und nun gehen Sie einfach wieder hinunter. Direkt neben der Haustür finden Sie neuerdings den Doktor.«

»Und Schwester Sabine?«, fragte Herr Kellermann verdutzt.

»Die wartet sicher auch schon auf Sie!«

Der alte Herr schüttelte ungläubig den Kopf. »Irgendwie ist das ein komischer Montag«, murmelte er.

Und damit sollte er noch mehr als recht behalten.

»Ich will nichts sagen, aber du hast wirklich ein Händchen im Umgang mit Senioren!« Anso kam aus dem Lachen nicht mehr raus. »Und was hatte er dir da in die Hand gedrückt?«

»Frischen Urin«, zitierte ich Herrn Kellermann.

Nun wieherten beide los. Schön, wenn man seine Freundinnen schon am frühen Montagmorgen so erheitern konnte. Obwohl, so wie Kathy aussah, konnte sie durchaus was zum Lachen vertragen. Von ihrem sonst so unverwüstlichen Optimismus schien nicht mehr viel übrig zu sein.

»Hast du noch was von ihm gehört?«, fragte ich.

»Er hat mir 'ne SMS geschickt.« Sie schob mir ihr Handy zu: *habe sehnsucht nach dir! xxx K*, stand auf dem Display.

»Hmm«, sagte ich und schnitt mir eine Scheibe Brot ab. »Und was hast du geantwortet?«

Sie seufzte. »Noch gar nichts.« Sie räumte ihren Teller in die Spülmaschine und lehnte sich an die Anrichte. »Ich muss jetzt erst einmal sehen, dass ich bis zwei meine Gedanken zusammenhalte, sonst baue ich in der Redaktion auch noch Mist und das kann ich mir absolut nicht leisten.« An der Tür drehte sie sich um. »Und du? Schon wieder einen freien Tag?«

»Ich bin nicht auf den Dom zu Speyer vorbereitet«, sagte ich. »Wenn ich heute in die Schule gehe, baue ich dort auch noch Mist und das kann *ich* mir absolut nicht leisten.«

Kathy grinste. Immerhin.

Während ich unter der Dusche stand, überlegte ich mir, was ich mit diesem angebrochenen Tag anstellen könnte. Mathe lernen? Keinen Bock. Dieses Bild für Kunst fertig zeichnen? Vielleicht später. Ich langte nach der Shampooflasche, quetschte mir eine ordentliche Portion auf den Kopf und massierte es ein. Just in dem Moment, als ich es an der Zeit fand, den Schaum wieder abzuspülen, machte der Boiler ein merkwürdiges Geräusch. Es klang wie *Bloing* und das Wasser, das auf meinen Kopf prasselte, wurde kalt. Eiskalt. Laut fluchend sprang ich aus der Duschkabine und drehte den Warmwasserhahn am Waschbecken auf. Fehlanzeige. Nur eiskaltes Wasser. Mir fielen Max' Bemerkungen bei unserer ersten

Wohnungsbesichtigung wieder ein und der Hinweis, dass sich die Sicherung für den Boiler im Keller befand. Mist. Normalerweise kümmerte sich Kathy um die herausgeflogenen Sicherungen, aber Kathy war nicht da. Und auch sonst war keiner da. Ich wickelte mir ein Handtuch um den Kopf, zog mir meinen Bademantel an und rannte die Treppen hinunter. Es dauerte mehrere Minuten, bevor ich den Übeltäter gefunden hatte, und ich war fix und fertig, als ich das Treppenhaus wieder betrat. Für Spinnenforscher wäre es da unten das wahre Paradies.

»Tz, tz, man muss sich schon wundern über diese Jugendlichen«, bemerkte eine ältere Dame, die gerade aus der Arztpraxis kam. »Unverantwortlich!«

»Man nennt es Abhärtung«, sagte ich giftig, während ich die Stufen hochrannte. »Dafür nehmen wir Ihnen die Sitzplätze beim Arzt nicht weg!«

Als ich wieder schaumfrei und trocken war, wusste ich es: Ich würde, für alle Fälle gut getarnt, zum Bahnhof radeln und dort in der Buchhandlung die neuesten Designzeitschriften durchblättern. Wetten, dass ich dort eine gute Idee für meine Facharbeit bekommen würde? Außerdem hätte ich gleich ein bisschen Frühsport getrieben und könnte mir anschließend in der Bäckerei nebenan ein paar von diesen köstlichen Croissants mitnehmen. Geniale Idee, Emma!

Ich borgte mir Ansos dunkelbraunen Filzhut aus, setzte meine Fensterglasbrille auf, wickelte mir einen großen Schal um den Hals, und als ich sicher war, dass nicht mal meine eigene Mutter mich so erkennen würde, machte ich mich auf den Weg.

Die Bahnhofsbuchhandlung hatte eine derart große Auswahl an Zeitungen und Zeitschriften, dass mir schon beim Hinschauen der Kopf schwirrte und ich gar nicht wusste, wo ich anfangen sollte zu blättern. Zum Warmlaufen schnappte ich mir die neueste *Architektur und Wohnen* und vertiefte mich in einen Artikel über eine alte Fabrikhalle in Mailand. Einfach super, was die daraus gemacht hatten! Und so eine Garderobe würde auch hervorragend in unseren Flur passen. Ich kramte gerade in meiner Umhängetasche nach Block und Stift, damit ich schnell eine Skizze von dem Teil machen konnte, als ich hinter mir eine Stimme hörte. Kevins Stimme.

»Wirst du mich denn auch so vermissen, Mäuschen?«, fragte er.

Ich zog mir Ansos Hut noch etwas tiefer in die Stirn und drehte mich vorsichtig um. Da standen sie: Kevin und seine »Mutter«. Beziehungsweise Kevin und »Mäuschen«.

»Ich ruf dich auch gleich an, wenn ich wieder zu Hause bin«, piepste Mäuschen. »Ich vermisse dich jetzt schon!«

»Lieber erst heute Abend spät«, sagte Kevin zwischen zwei Küssen. »Heute Nachmittag habe ich eine Klausur und mein Handy ist ausgeschaltet.«

So, so, eine Klausur … Dass sie nun schon als so etwas bezeichnet wurde, würde Kathy sicher freuen.

»Schwer?«, fragte Mäuschen.

So um die 60 Kilo, übersetzte ich Kevins neutrales »Mmmh« und merkte, wie ich wütend wurde.

»Jetzt muss ich dich aber alleine lassen«, sagte der Herzensbrecher von gegenüber. »Ich muss mich noch vorbereiten, weißt du?«

Bettwäsche wechseln, Beweismaterial verstecken … Brauchte alles seine Zeit, ganz klar!

»Macht nichts«, quietschte Mutti-Mäuschen. »Ich wollte mir eh noch was zum Lesen kaufen!«

Während sie ins Abschiedsfinale gingen, blätterte ich mich durch die Mailänder Designerwohnungen, aber meine Gedanken rotierten wie verrückt. Ich sollte unbedingt mit dieser Tussi ins Gespräch kommen, aber wie?

Die Lösung war dann denkbar einfach. Meiner Ungeschicktheit, die ich sonst verfluche, war es zu verdanken, dass ich Kevins Freundin Sekunden später anrempelte und sie in die Abteilung *Garten & Handwerk* beförderte.

»Oh Gott, Entschuldigung!«, rief ich. »Hast du dir wehgetan?« Ich reichte ihr die Hand und zog sie wieder in die Senkrechte.

Mäuschen schüttelte den Kopf. »Nein, nein, ist noch mal gut gegangen.«

Ich seufzte übertrieben. »Das wollte ich wirklich nicht, aber jedes Mal, wenn ich mich am Montag von meinem Freund verabschiedet habe, bin ich völlig durch den Wind, weißt du?« Diese Worte kamen wie von selbst hervorgesprudelt, und bevor ich bis drei zählen konnte, waren wir in ein Gespräch von Frau zu Frau verwickelt.

Mäuschen, die im täglichen Leben auf den Namen Julia hörte, war so froh, eine Leidensgenossin gefunden zu haben, dass ich innerhalb kürzester Zeit alles über sie und Kevin erfuhr: Sie waren schon seit zwei Jahren zusammen und bisher war alles eitel Sonnenschein gewesen, bis ihr Liebster zum Studieren hierhergezogen war. Seitdem hatte er sich irgendwie verändert und sie hatte keine Ahnung, woran das liegen konnte.

Nun, ich schon, aber das konnte ich ihr ja schlecht in der ersten Viertelstunde unserer Bekanntschaft erzählen.

»Meinst du, es steckt eine andere dahinter?«, fragte ich daher so naiv wie möglich.

»Das kann ich mir eigentlich nicht vorstellen.« Julia zog ihr kleines Näschen kraus und wickelte eine ihrer langen blonden Locken um den Zeigefinger. »Aber manchmal kriege ich schon meine Zweifel, weißt du?«

»Ich könnte für dich ja mal die Augen aufhalten. Schließlich bin ich auch viel an der Uni.« Das war zwar gelogen, aber in dieser Unterhaltung kam es auf eine Lüge mehr oder weniger ohnehin nicht mehr an.

Julia sah mich mit ihren großen blauen Augen an. »Du meinst echt, dass er was mit einer anderen hat?«

Was denn sonst? Sollte ich kontrollieren, ob er ein sauberes Taschentuch einstecken hatte?

»Genau«, sagte ich. »Wie er aussieht, habe ich ja vorhin gesehen. Am besten wird es sein, du gibst mir deine Handynummer, und wenn ich etwas Verdächtiges bemerke, schicke ich dir 'ne SMS.«

Julia überlegte und einen Moment lang hatte ich Angst, dass ich mit meiner Dreistigkeit alles versiebt hatte. Aber nein, sie lächelte.

»Ich glaube zwar nicht, dass es nötig sein wird, aber schaden kann es auch nicht«, sagte sie und schrieb mir ihre Nummer auf einen alten Kassenzettel. »Danke schon mal. Aber jetzt muss ich mich beeilen, sonst verpasse ich noch meinen Zug!«

»Du machst Witze, oder?« Kathy saß mir mittags kopfschüttelnd gegenüber und konnte nicht fassen, was ich ihr erzählte. »Und dann hat sie dir *alles* erzählt?«

»Ganz freiwillig.« Ich überlegte, ob meine wahre Begabung vielleicht doch nicht in der Seniorenbetreuung, sondern in der Gesprächstherapie lag. Wenn Leute sich mir gegenüber so öffneten, konnte ich das sicher eines Tages in bare Münze umsetzen. »Und jetzt? Machst du den Ausflug mit ihm?«

Kathy rührte in ihrem Kaffee, als wollte sie, dass ihm schwindlig würde. »Natürlich. Aber es wird anders werden, als er sich vorgestellt hat.« Weiteres Rühren. »Zuerst wäre da Plan A: Er bekommt eine einzige Chance.«

»Wie?« Hatte sie den Verstand verloren? »Es ist jetzt doch bewiesen, dass er zweigleisig fährt, oder?«

»Schon«, sagte meine Freundin. »Aber er bekommt noch die Chance, mir das ehrlich zu sagen. Und wenn er die nicht nutzt, läuft Plan B an.«

»Und wie sieht der aus?«

»Das erzähle ich dir später«, sagte Kathy und stand auf. »Kannst du mir einen Gefallen tun?«

»Klar. Was denn?«

»Besorge mir doch bitte ...« Sie überlegte kurz. »Acht schöne große Shrimps.«

»Shrimps?!« Kathy hasste jegliche Art von Krustentieren.

»Shrimps«, sagte sie. »Am besten in einem kräftigen Knoblauchsud. Und ein paar Aidshandschuhe. Tritt Plan A in Kraft, könnt ihr sie heute Abend essen. Sollte allerdings Plan B anlaufen, haben diese Biester noch eine richtig große Aufgabe vor sich und Kevin wird noch lange Freude an ihnen haben, so viel ist mal sicher ...«

Dann ließ sie mich grübelnd in der Küche zurück und ich musste zugeben, dass das Rätsel der Sphinx gegen Kathys letzten Satz eine müde Nummer war.

Es war schon nach acht, als sie endlich wieder auftauchte.

»Und?« Seit sechs Uhr saßen wir wie auf heißen Kohlen und hatten uns bereits die wildesten Szenarien ausgemalt: Anso war fest der Meinung, dass Kathy Kevin im Wald ausgesetzt hatte und nun mit seinem Auto unterwegs war. Phillip glaubte, dass es eher andersherum war, und stand schon in den Startlöchern, sie irgendwo in der Walachei einzusammeln. Und ich? Ich hoffte, es würde ihr nicht allzu schlecht gehen und wir konnten bald die Shrimps essen, die im Kühlschrank auf den einen oder anderen Einsatz warteten.

Endlich hörten wir einen Schlüssel in der Tür und Kathy kam herein.

»Kevin ist ein kleines, verlogenes und außerordentlich feiges Arschloch«, sagte sie eisig. »Noch weiß er nicht, was ich alles weiß, aber ich brauche noch ein kleines bisschen Zeit, um Plan B auf den Weg zu bringen.«

Es sah also schlecht aus mit der Shrimpsschlemmerei.

»Und wie sieht dieser Plan B aus?«, fragte Anso. Auch diese Frage hatten wir ausführlich diskutiert, aber zum Thema »Rache & Shrimps« war uns nicht allzu viel eingefallen.

»Es ist besser, wenn ich euch das erst später erzähle«, sagte Kathy und sah in den Kühlschrank. »Sind die mit Knoblauch?«

Ich nickte. »Stinken wie die Pest!«

Kathy grinste. »Dann wollen wir mal.« Sie nahm eine kleine Tupperdose, füllte die Meeresfrüchte hinein und verschloss sie sorgfältig. »Und die Handschuhe?«

Ich zeigte auf die Anrichte. »Und jetzt?«

»Jetzt würde ich dich um Folgendes bitten: Ruf mich doch bitte in zehn Minuten auf dem Handy an und jammere mir vor, dass dein PC Zicken macht und du unbedingt noch etwas ausdrucken musst für den Unterricht.«

»Okay. Und dann?«

»Dann werde ich Kevin fragen, ob er sein PC-Wissen zum Einsatz bringen kann, wo er doch immer so wahnsinnig damit angibt.«

Ich nickte erneut.

»Und in der Zeit, in der ich alleine bei ihm in der Wohnung bin, führe ich meinen Plan aus. Anschließend geige ich ihm noch die Meinung und alles andere erledigt die Zeit für uns.«

Na ja, *so* genau wollte ich es eigentlich auch gar nicht wissen.

Es lief wie am Schnürchen: Drei Minuten nach meinem Hilfeschrei tauchte Kevin auf und brauchte geschlagene zwanzig Minuten, um ein Kabel, das Phillip halb aus der Buchse gezogen hatte, zu finden und wieder einzustecken. Für einen sogenannten Experten eine müde Leistung …

»Das war es schon«, sagte er stolz. »Jetzt muss ich aber gleich wieder rüber. Kathy wartet auf mich!«

Auch bei uns ging nun die Warterei los und wir wurden noch eine weitere Viertelstunde auf die Folter gespannt, bis Kathy endlich in der Küchentür auftauchte.

»Ich brauche jetzt erst ein ganz großes Glas Wein«, verkündete sie, während sie sich auf einen der Küchenstühle fallen ließ. Nach einem tiefen Schluck und mehreren Seufzern sah Kathy uns an. »Plan B ist glattgegangen«, sagte sie. Dann hörten wir endlich die ganze Geschichte.

»Als ich die Story damals im Internet las, musste ich sehr lachen, aber habe natürlich nicht im Traum daran gedacht, dass ich sie mal in die Tat umsetzen würde«, fing Kathy an. »Aber nachdem Kevin mir heute während des Ausflugs derart dreiste Wochenendgeschichten von seiner Mutter vorgesetzt hatte, war er fällig.«

»Jetzt erzähl schon!«, rief ich. »Was hast du mit den Shrimps angestellt?«

»Kevin hat vor einigen Wochen neue Gardinenstangen gekauft«, begann Kathy. »Solche edlen Metallstangen, die an den Enden offen sind. Vier Stück insgesamt.« Sie trank einen Schluck Wein.

»Die Enden sind nun aber nicht mehr offen«, grinste sie. »Denn ich habe an jeder der acht Öffnungen einen Knoblauch-Shrimp hineingeschoben.«

Es dauerte kurz, bis die Botschaft angekommen war, dann brüllten wir los.

»Boah, wird das stinken!«, rief Phillip.

»Im Augenblick wird es schon noch auszuhalten sein«, prustete Anso. »Aber wenn die erst mal anfangen zu faulen!«

Kathy nickte zufrieden. »Und er wird sie nicht auf Anhieb entdecken. Ich habe sie ein ganzes Stück weit reingeschoben!«

»Und wie ging es in der Internetgeschichte weiter?«, fragte ich.

»Der Typ ist halb wahnsinnig geworden, denn er hatte keine Ahnung, wo der Gestank herkam. Er hat in allen Ecken nach der Ursache gesucht, überall Duftspender aufgehängt, aber es wurde immer schlimmer. Irgendwann hat er es nicht mehr ausgehalten und ist aus der Wohnung ausgezogen.«

»Und lass mich raten …« Ich beugte mich über den Küchentisch. »Er hat seine Gardinenstangen mitgenommen!«

»Genau!« Kathy streckte sich. »Als ich mit dieser Aktion fertig war, habe ich die Nummer, die du von dieser Julia bekommen hattest, gewählt und ihr reinen Wein eingeschenkt.«

»Oh Gott, die Arme«, sagte Phillip. »War sie sehr fertig?«

»Ziemlich«, nickte unsere Freundin.

»Und dann kam Kevin zurück?« Auch Anso hing nun halb über dem Tisch.

»Yep! Und als ich ihm von meinem Telefonat mit Julia erzählt habe, ist er etwas blass geworden.«

»Das ist immerhin anständig von ihm«, sagte ich. »Hat er noch versucht, sich zu verteidigen? Vielleicht mit solchen berühmten Sätzen wie *Das hat doch gar nichts mit unserer Beziehung zu tun* oder *Das hat sich einfach so ergeben*?«

»Nein, dafür war er, glaube ich, einfach zu perplex«, sagte Kathy. »Aber eins kann ich euch auch ohne Nonnas Tarotkarten vorhersagen: Der kleine Kevin wird in nächster Zeit ziemlich viel allein zu Hause sein!«

Warum habe ich bloß so ein verdammt mieses Zeitmanagement?

Ich habe wirklich keinen blassen Schimmer, wie das Unterbewusstsein im Allgemeinen und meins im Besonderen funktioniert. Fakt war aber, dass es am nächsten Morgen einen Großalarm in meinem Hirn auslöste. Sofort saß ich senkrecht im Bett: Shit! Ich hatte meine Zeichnungen nicht fertig gemacht und heute war allerletzter Abgabetermin! Reichten zweieinhalb Stunden für ein Stillleben von drei Flaschen und einem Wasserglas?

Es musste reichen, beschloss ich und taumelte in die Küche, um mir einen starken Kaffee zu machen. Wenn ich wie bisher weitermachen würde, konnte ich das Schuljahr gleich ad acta legen und das hatte ich nicht vor.

»Einfach ganz locker bleiben«, beschwor ich mich, als ich wenig später an meinem Schreibtisch saß. In der linken Hand den Bleistift, in der Rechten die Kaffeetasse. »Ganz locker. Du hast zwar kein Glück in der Liebe, aber vielleicht ausnahmsweise mal in der Kunst.«

Es funktionierte tatsächlich.

»Hier sieht man mal wieder ganz deutlich, dass es sich auszahlt, wenn ihr euch länger auf eine Arbeit konzentriert«, brabbelte mein Kunstlehrer, als ich ihm das Ergebnis in die Hand drückte. »Da können Sie sich ein Stück von abschneiden, Ramona!«

Unsere blöde Streberkuh, die bestimmt schon seit mehreren Tagen an ihrer Zeichnung herumgeschmiert hatte, sah mich hasserfüllt an.

»Ist schick geworden«, fand Lena. »Warst du gestern deswegen nicht in der Schule?«

»Nö, das habe ich heute früh mithilfe von fünf Tassen Kaffee auf die Reihe gekriegt«, sagte ich. »Gestern stand etwas ganz anderes an.« Und ich erzählte ihr die ganze Kevin-Geschichte.

Lena lachte sich schlapp. »Geil«, rief sie. »Und er hat keine Ahnung?«

»Nicht den Hauch …«

Dafür hatte Kevin aber ein gesteigertes Bedürfnis, sich mit Kathy auszutauschen.

»Zwölf SMS und vier Nachrichten!« Meine Freundin warf ihr Handy genervt auf den Küchentisch und schnitt sich ein paar Scheiben Brot ab. »Aber ich habe keine Lust, meine Mittagspause für ihn zu opfern.«

Kaum hatte sie das gesagt, meldete das Handy den Eingang der 13. SMS.

»Eine neue Variante«, schnaufte meine Freundin verächtlich und zeigte mir das Display.

Lass uns noch mal von vorne anfangen, BITTE! war dort zu lesen.

»Was hat er sonst noch für Vorschläge gehabt?«

»Der Rest ging mehr so in die Richtung von *Verzeihe mir* oder *Willst du nicht wenigstens meine Seite hören?*« Sie rief die nächste Nachricht auf. »Oder hier: *Du kannst doch nicht mein ganzes Leben zerstören!*«

»Hinterher sind sie immer schlauer«, sagte ich. »Aber wenn er so weitermacht, ist es auch kein Spaß für dich, oder?« Ich schnappte mir die Tageszeitung und schlug sie auf. »Lass dich doch einfach auf einen Teller Pasta bei Orlandis einladen. Dann kann er alles loswerden, du tust so, als würdest du zuhören, und danach hast du deine Ruhe. Und du bist satt!«

»Geht nicht«, sagte meine Freundin. »Heute Abend ist eine ganz wichtige Stadtratssitzung und ich muss darüber berichten.«

»Wenn es sonst nichts ist«, sagte ich.

»Nein, ich muss da unbedingt hin!«

»Pass mal auf. Ich habe doch schon etwas Erfahrung, und wenn du willst, sitze ich diese Stadtratssache auf einer Backe für dich ab. Um was geht es denn da?«

»Um die Investitionsmaßnahmen der Stadt. Wahrscheinlich stinklangweilig. Zahlen, Zahlen, Zahlen und ein bisschen Herumgestreite.« Sie beugte sich über den Küchentisch. »Und das würdest du *wirklich* noch mal auf dich nehmen?«

»Natürlich stehe ich mehr auf *Aktive Senioren*«, sagte ich. »Aber wenn du gerade nichts anderes zur Auswahl hast ...«

»Ach Emma«, seufzte Kathy. »Was wäre ich nur ohne dich ...?«

»Völlig verloren«, gab ich zu.

»Ich lass mir auch etwas ganz Tolles für dich einfallen«, versprach meine Freundin. »Du wirst begeistert sein!«

Es schien in dieser Stadt eine Menge Leute zu geben, die sich für langweilige Zahlen interessierten, denn der Ratssaal war schon ordentlich gefüllt, als ich ankam. Ich fand noch eine ruhige Ecke in der Nähe der Tür und machte es mir dort bequem. Schließlich war ich von der Presse und die darf auch schon mal zwei Plätze belegen. Kathy hatte recht gehabt: Die Angelegenheit war stinklangweilig und es sah auch nicht so aus, als würde einer der Anwesenden beabsichtigen, ein heiteres Wanderlied anzustimmen, um die ganze Sache etwas aufzulockern. Gerade war eine neue Plakatierverordnung, was auch immer das sein mochte, beschlossen worden, als jemand meinen Rucksack vom Stuhl neben mir nahm und sich dorthin setzte.

»Das ist aber eine Überraschung«, sagte dieser Jemand dann leise und ich sah von meinen Notizen auf.

In diesem Augenblick wusste ich, wie es sich anfühlt, wenn man kurz vor einem Kreislaufkollaps steht: Mir wurde abwechselnd heiß und kalt, mein Magen fuhr Achterbahn und irgendwer hatte die Blutzufuhr zu meinem Hirn abgedreht.

»Öh, ja, ääh …«, stammelte ich. Mehr war fürs Erste nicht drin, denn mein Mund war trocken, als hätte ich mit Sand gegurgelt.

»Ich habe schon Angst gehabt, wir würden uns nie wiedersehen«, flüsterte der süßeste Rollstuhlschieber dieser Welt.

Ein »Umfflgrmmpff« verließ meine Lippen. Mein Sprachzentrum war lahmgelegt und ich konnte nur noch dämlich grinsen.

Ein neuer Stadtrat hatte sich nun vorne erhoben und berichtete uns etwas über die *Gebietsänderung im Vollzug des Fortführungsnachweises Nr. 1173* und plötzlich hörte ich Kathys Stimme: »Ich brauche aber alle Fakten, hörst du? Und die jeweiligen Zahlen, sonst kriege ich gewaltigen Ärger.« Diese Worte bewirkten immerhin, dass ich wie eine Taubstumme nach vorne und dann auf meinen Block deutete.

Mein Nachbar nickte. Und lächelte. Und ich musste mich gewaltig am Riemen reißen, meine Unterlagen nicht einfach zusammenzupacken und mit ihm zur Tür hinauszumarschieren. Aber irgendwie schaffte ich es, am Ball zu bleiben, und nach exakt 194 Minuten verkündete der Bürgermeister, dass die Dachsanierung des Rathauses für siebenundneunzigtausend Euro einstimmig angenommen wurde.

Ich seufzte tief und schmierte *Kosten Dachsanierung Rathaus 970.000 €* auf meinen Block. Punkt. Fertig.

»Hast du alles?«, fragte mein hübscher Nachbar.

»Ich glaube schon«, sagte ich, obwohl das gelogen war. Mein Kopf fühlte sich nach wie vor an, als hätte jemand den Inhalt bei Ebay versteigert. Lediglich eine neue Xavier-Naidoo-Variante waberte mir durch den Schädel: *Heute land ich noch im Irrenhaus und die lassen mich nie wieder raus*, und ich schwor mir: Sollte mir so eine Zeile je beim Sex in den Sinn kommen, würde ich diesen Schnulzenheuler verklagen!

»Hättest du Lust, mal mit mir essen zu gehen?«, holte mich das Sahnestückchen in den Sitzungssaal zurück.

»Gerne«, krächzte ich. Hopp, Emma, jetzt frag ihn endlich nach seinem Namen!

»Würde dir Donnerstag passen?«, hakte der Prinz nach.

Wann immer du willst, und wenn es morgens früh um vier ist!

»Ist prima«, hauchte ich.

»Wie wäre es um acht im *Casa Vecchia*?«, schlug mein Traummann vor.

Himmel, das war der absolute Edelitaliener. Für dieses Abendessen würde ich einen Kredit aufnehmen müssen!

»Natürlich bist du eingeladen«, ergänzte er zum Glück und streckte mir seine rechte Hand entgegen. »Ich heiß übrigens Fabian. Fabian Keilbach.«

»Emma Schubert«, sagte ich und schüttelte seine Hand.

Die fühlte sich angenehm warm an und ich stellte mir vor, wie diese Hand meinen Arm hinaufwandern würde und von dort weiter …

Fabian hüstelte dezent. »Ich muss jetzt leider gehen, aber finde es super, dass wir uns wiedergesehen haben.« Er lächelte mich bei diesen Worten so hinreißend an, dass ich Angst hatte, meine Knie würden nachgeben.

»Geht mir genauso«, wollte ich sagen, brachte aber nur das Wort »genau« raus.

Dann winkte Fabian mir ein letztes Mal zu und ließ mich im großen Sitzungssaal zurück: verwirrt, verknallt und völlig high.

Irgendwie fand ich den Weg nach Hause und schaffte es sogar, die Treppe bis in den zweiten Stock hinaufzusteigen. Dann ging aber gar nichts mehr.

»Um Himmels willen, was ist denn mit dir los?«, fragte Phillip besorgt, als ich zur Tür reinwankte. »Hat der Bürgermeister Horrorstorys erzählt oder hast du deine Notizen verloren?« Er zeigte mit einem Finger in Richtung Küche. »Letzteres wäre eine Katastrophe, denn Kathy ist mit den Nerven ziemlich am Ende.«

Ich schüttelte den Kopf. »Fabian«, sagte ich.

Mein Mitbewohner sah mich groß an. »Du hast Fabian verloren?«

Wieder schüttelte ich den Kopf. »Gefunden.«

»Ich glaube, du brauchst dringend was zu trinken.« Phillip legte den Arm um meine Schultern und lotste mich in die Küche, wo Anso und Kathy in eine wilde Unterhaltung verstrickt waren.

»Der Sack ist absolut dämlich und sexistisch«, rief Kathy. »Man sollte solche Typen ganz langsam vierteilen. Ganz langsam!«

»Das ist, soviel ich weiß, in Deutschland verboten«, belehrte sie Anso. »Aber keine Frage, er hätte es verdient!«

»Was hat Kevin denn noch so von sich gegeben?«, fragte ich, während ich Kathy meine Notizen hinlegte.

»Dass es nicht *das* ist, was ich *denke*…« Sie sah mich funkelnd an.

»Und was soll es dann sein?« Dankbar nahm ich ein großes Glas Mineralwasser von Phillip entgegen.

»Das wusste er selber nicht so genau.« Sie schlug mit der Faust auf den Tisch. »Aber das zeigt doch mal wieder, dass feste Beziehungen *immer* problematisch sind. Schaut euch die Tierwelt an! Die binden sich auch nicht groß. Die haben nicht mal die leiseste Ahnung, was ein Standesamt ist.«

»Enten binden sich schon«, sagte ich. »Die bleiben ein Leben lang zusammen.«

»Mag sein«, sagte Kathy. »Aber soviel ich weiß, ist keiner von uns eine Ente, oder?« Sie nahm meine Aufzeichnungen in die Hand. »Und? War die Sitzung sehr schlimm?«

»Nein, es war das Schönste, das ich seit Wochen erlebt habe«, sagte ich leise.

»He, Emma, du hast es mir selber angeboten!«

»Nein, ich meine es ernst!«, rief ich. »Ich habe Fabian wiedergesehen!«

»Fabian?« Drei Augenpaare sahen mich an.

»Fabian von den *Aktiven Senioren*«, sagte ich.

»Du warst aber nicht auf der falschen Veranstaltung, oder?«, stöhnte Kathy. »Das verkrafte ich heute nicht mehr!« Sie blätterte in den Aufzeichnungen. »Nein, scheint alles in Ordnung zu sein. Wenn ich dran denke, dass ich jetzt noch in die Redaktion fahren und diesen Artikel schreiben muss …«

»Ich meine Fabian«, begann ich erneut. »Fa-bi-an! Der den Rollstuhl geschoben hat. Den du in der Redaktion weggeschickt hast! Dieser unglaublich süße Typ!«

»Ach, *Fabian*!« Anso hatte es als Erste gecheckt. »Und?«

»Er hat mich für Donnerstag zum Essen eingeladen«, sagte ich und strahlte wie Manhattan bei Nacht.

»Boah«, sagte Anso.

»Toll!«, rief Phillip.

»Hoffentlich tickt er anders als Kevin«, brummte Kathy.

Üben Fettnäpfchen eine besondere Anziehungskraft auf mich aus?

Eigentlich hätte es ein gemütliches Frühstück werden sollen. Bei mir fielen die ersten beiden Stunden aus und auch die anderen drei mussten nicht schon um acht irgendwo auf der Matte stehen.

»Kriegst du die Zeitung durch dein Volontariat eigentlich günstiger?«, fragte Phillip Kathy. »Oder musst du auch den vollen Preis bezahlen?«

»Ich kann sie mir nach der Arbeit mitnehmen.« Kathy stand auf und machte das Radio an. »Aber frei Haus kriege ich sie leider nicht.« Sie stellte den Lokalsender ein und setzte sich wieder. »Ich kann mich ja trotzdem mal erkundigen. Frühstück mit Zeitung hat schon was!«

Ich war gerade beim zweiten Brötchen angelangt, als die Nachrichten kamen: weitere Kämpfe im Irak, Ärger in der Berliner Koalition und der Dax machte die Rolle rückwärts.

»Und nun zu den Stadtnachrichten«, sagte der Moderator. »Auf der gestrigen Stadtratssitzung wurde abgestimmt über die geplanten Ausgaben für den kommenden Haushalt …«

»Eigentlich müssten sie auch über die Begegnung von Fabian und mir berichten«, sagte ich, als Kathy plötzlich zur Salzsäule erstarrte.

»Ha…habt ihr das auch gehört?«, stammelte sie.

»Das mit dem Rathausdach?« Anso nickte und schaufelte sich Marmelade aufs Brötchen.

»Wa…was hat er da ge…genau gesagt?«, stotterte Kathy, die mittlerweile kreidebleich geworden war.

»Dass es nicht so teuer wird wie befürchtet. Siebenundneunzigtausend Euro oder so.« Anso schüttelte den Kopf. »Bin trotzdem froh, dass ich es nicht bezahlen muss!«

»Oh Gott!« Kathy sackte in sich zusammen. »Und ich habe in dem Artikel was von neunhundertsiebzigtausend geschrieben …«

»Das ist eine Null zu viel«, sagte Phillip lakonisch.

Ich schloss die Augen, denn ich wusste, wer an dieser falschen Zahl schuld war: eine gewisse Emma Schubert, wohnhaft Friedrichstraße 54, verknallt bis in die Haarspitzen und daher völlig unzurechnungsfähig.

»Oh verdammt!«, sagte ich und griff nach Kathys Hand. »Kannst du nicht sagen, dass du krank warst und ich die Sache mit den Kosten verbockt habe?«, aber sie schüttelte den Kopf.

»Kannst du vergessen. Wahrscheinlich macht mich mein Chef bei der Blattkritik völlig nieder …« Sie stand im Zeitlupentempo vom Tisch auf und verließ die Küche.

»Ich komme mit in die Redaktion!« Ich nahm mein Handy und schrieb Lena schnell eine SMS: *kann heute nicht kommen, mir ist schlecht.*

Und das war kein bisschen gelogen. Mir war speiübel.

Im großen Redaktionsraum der Zeitung gehörten wir zu den Letzten, die eintrudelten.

»Ich setze mich ganz dahinten hin, und wenn mich jemand fragt, was ich hier mache, erzähle ich etwas von einem Schnupperpraktikum, okay?«

Kathy nickte derart mutlos, dass ich sie am liebsten noch einmal in den Arm genommen hätte. »Wir können dann gemeinsam wieder nach Hause radeln, wenn sie mich gefeuert haben«, sagte sie mit Grabesstimme. »Bis später.«

Ich fand ein Plätzchen ganz hinten, winkte Dominik, der auch in der Runde saß, zu und schickte Stoßgebete zum Himmel.

Chefredakteur Benker, ein langer, dünner, grauhaariger Mann mit entsetzlich eintöniger Stimme, fing an, die gesamte Zeitung auseinanderzunehmen, und nach zehn Minuten hatte ich das Gefühl, schon seit Tagen auf diesem harten Stuhl auszuharren.

»Gerd, das war schon ein ziemlich blasser Artikel, den Sie da reingebracht haben«, motzte Benker und wedelte mit dem Text umher. »Ich weiß, dass es nicht das brandheiße Thema ist, aber als Journalist haben Sie die Aufgabe, sich immer reinzuhängen!«

Ich schielte auf meine Armbanduhr. Vierzig Minuten waren bisher vergangen und immer noch kein Ton zu Kathys Artikel. Sollte das ganz zum Schluss kommen, damit er ihr danach gleich kündigen konnte? Ich schickte gerade ein weiteres Stoßgebet los, als Benker mit der flachen Hand auf die vor ihm liegende Zeitung haute. »Und nun zur Stadtratssitzung!« Dabei sah er Kathy an und nun wusste ich auch wieder, warum ich hier und nicht in der Schule war. Weil ich mich hundeelend fühlte.

»Trockenes Thema«, begann Benker. »Immer wieder das gleiche Gesülze, ich weiß …« Er sah in die Runde. »Aber, meine lieben Kollegen. Das ist noch lange kein Grund …« Er verschluckte sich, und während er vor sich hinhustete, ergänzte ich in Gedanken den angefangenen Satz: *Das ist noch lange kein Grund, einen solchen Bockmist zu verzapfen, meine Damen und Herren. Und schon gar kein Grund, unseren Lesern völlig abstruse Zahlen unterzujubeln!*

»Das ist aber noch lange kein Grund, daraus einen knochentrockenen Artikel zu machen.« Benker hatte sich wieder gefangen und tippte mit dem linken Zeigefinger auf Kathys Artikel. Es wurde mucksmäuschenstill im Raum. »Dennoch gibt es hier Leute …« Benker räusperte sich umständlich. »Genauer gesagt, eine Volontärin, die es wirklich versteht, aus einer sterbenslangweiligen Sitzung einen ansprechenden Artikel zu machen. Gut gemacht, Kathy!« Er nickte meiner Freundin zu, die aussah, als würde sie jeden Augenblick ohnmächtig werden. »Weiter so!«

Das war dann auch wohl das Letzte, was er seinen Leuten zu sagen hatte, denn Benker stand nun auf und verließ den Raum. Die meisten von Kathys Kollegen folgten seinem Beispiel und ich ging zu ihr hinüber. Sie stand am Tisch und starrte fassungslos auf ihren Artikel.

»Ich glaube es einfach nicht«, sagte sie leise. »Da! Alles richtig!«

»Irgendwie kam mir diese eine Zahl komisch vor«, sagte plötzlich eine Stimme hinter uns. Es war Dominik, der schüchtern grinste. »Ich hatte gestern die Endredaktion und war so frei, jemanden vom Stadtrat, den ich gut kenne, anzurufen und diese Zahl überprüfen zu lassen.« Er zuckte die Schultern. »Wäre sonst doch ein recht teures Dach geworden, oder?«

»Oh, du hast mir das Leben gerettet!«, rief Kathy und fiel Dominik stürmisch um den Hals. »Danke dir! Mein Gott, sonst hätte ich mein Volontariat echt begraben können!«

»Ach, das glaube ich nicht«, stotterte ein knallroter Dominik, der es sichtlich genoss, von seiner Kollegin umarmt und geherzt zu werden, und ich schlich mich zur Tür. Meine Magenbeschwerden waren wie weggeblasen und ich sollte der Schule heute wenigstens noch einen Höflichkeitsbesuch abstatten.

Ist meine Figur noch zu retten, und wenn ja, wo geht es zur Notaufnahme?

Schokoladenhersteller waren wirklich raffiniert: Sie machten jede Tafel ein winziges Stückchen zu klein. Und die Folge? Man schnappte sich die nächste Tafel. Natürlich blieb es niemals bei dem *fehlenden* Stückchen, sondern man mampfte fröhlich weiter. Die Auswirkungen dieses Teufelskreises kamen erst so richtig ans Licht, als ich mich entschieden hatte, zum ersten Treffen mit Fabian diese superhübsche, supereng geschnittene Hose anzuziehen, und feststellen musste: Sie passte nicht mehr. Auch nicht, wenn ich mich rücklings aufs Bett legte, sämtliche Luft aus meinem Körper presste und den Reißverschluss anflehte, sich bitte, bitte noch zehn winzige Zentimeter hinaufzubewegen.

»Ist das eine neue Yogaform?« Kathy war in der Tür erschienen. Seit sie wusste, dass Dominik den Fehler in ihrem Artikel ausgebügelt hatte, war sie unverschämt gut drauf. Im Gegensatz zu mir: Je näher das Essen mit Fabian rückte, desto nervöser wurde ich.

»Ich hatte gehofft, die Hose würde noch passen«, japste ich.

»Scheint nicht der Fall zu sein«, sagte meine Freundin, die ganze Sahnetorten wegputzen konnte, ohne auch nur ein Gramm zuzunehmen. »Ich würde es mal mit einer anderen versuchen.«

Ich atmete laut aus. »Aber welche? Ich bin heute Abend nicht zu den Orlandis, sondern ins *Casa Vecchia* eingeladen!«

»Kein Grund, hysterisch zu werden«, fand sie.

Ach nein? Ich sah das ganz anders.

Kathy ging zu meinem Kleiderschrank und warf mir kurz darauf eine dunkle Leinenhose zu. »Wie wäre es denn damit?«

»Das ist eine Sommerhose. Damit hole ich mir schon auf dem Weg eine Blasenentzündung. Danach werde ich den ganzen Abend auf dem Klo verbringen und Fabian will mich nie wiedersehen!«

»Du übertreibst«, sagte sie bestimmt. »Aber das hier ist doch was!« Sie reichte mir einen schwarzen Rock. »Dazu ziehst du dieses türkise T-Shirt mit dem U-Boot-Ausschnitt an und die Sache ist geritzt!« Sie legte mir die Teile aufs Bett. »Außerdem wird er nur Augen für dich haben«, sagte sie. »Man macht sich da viel zu viele Gedanken!«

Wirklich witzig. Ich nahm mir vor, sie bei ihrem nächsten heißen Date daran zu erinnern.

Immerhin war gegen fünf das Klamottenproblem zufriedenstellend gelöst und ich war dabei, die wichtigsten Sachen für den Abend zu packen, als Anso zu mir hereinschaute.

»Was soll das denn werden, wenn's fertig ist?« Sie deutete auf meinen Lederrucksack, als hätte sie eine glibberige Kröte auf meinem Bett gesichtet. »Hast du keine Handtaschen?«

»Schon«, sagte ich. »Aber da passt nichts rein.«

»Und du brauchst heute Abend *alles*, was da drin ist?«

Blöde Frage. Natürlich! Da war nur mein Skizzenblock (falls ich einen genialen Einfall haben sollte), Stifte (ohne die der Skizzenblock überflüssig wäre), Schminkzeug (logisch), Handy (logisch), ein Schal (schließlich stand der Winter vor der Tür), salzige Lakritze (falls ich trotz Schal plötzlich Halsweh bekommen sollte), Herpessalbe (logisch), ein Buch (falls ich mal länger warten musste), Schlüssel und … genau! Ich nahm noch eine Packung Taschentücher von meinem Schreibtisch und stopfte die ebenfalls in den Rucksack.

»Das ist alles wichtig.«

»Zeig mal her!« Bevor ich wusste, wie mir geschah, hatte Anso den Inhalt auf mein Bett geschüttet. »Mein Gott, Emma! Du bist zum Essen eingeladen. Nicht zum Auswandern!« Mit spitzen Fingern zog sie mein Skizzenbuch aus dem Haufen. »Was willst du denn *damit*? Ich meine, heute Abend.«

»Man weiß nie, ob man plötzlich einen guten Einfall für eine Zeichnung hat«, sagte ich stur. »Oder …«

Anso zeigte mir einen Vogel. »Oder?«

Okay, ich gab mich geschlagen und legte das Skizzenbuch auf den Schreibtisch zurück. »Aber den Rest *brauche* ich!«, rief ich. »Was sagte schon Carrie Bradshaw zum Thema Handtaschen?«

»*Ich stelle mir vor, dass Eier für Männer, was Handtäschchen für Frauen sind. Es ist nur ein winziges Beutelchen, aber ohne fühlen wir uns in der Öffentlichkeit nackt!*«, zitierten wir gemeinsam.

»Aber …«, sagte Anso und zog die Brauen bis zu den Haarwurzeln hoch. »In diesem Zitat ist weder die Rede von *Medizinbällen* in der Hose noch von Rucksäcken für Frauen, sondern es ist die Rede von *Beutelchen*. Also, vergiss den Rucksack, Süße!«

Ruhe und Gelassenheit waren zwei Dinge, die sich auf dem Weg ins *Casa Vecchia* sehr schnell von mir verabschiedet hatten. Da halfen auch die Beteuerungen meiner Mitbewohner nicht, dass ich »umwerfend« (Anso), »absolut super« (Phillip) oder »einfach genial« (Kathy) aussah. Nein, ich hatte nur noch Bammel. Riesenbammel, diesen Abend in den Sand zu setzen. Allein schon die Location! Wahrscheinlich würde ich mich innerhalb der ersten halben Stunde derart blamieren, dass Fabian sich nie wieder bei mir melden würde …

»He, du bist ja schon da!«

Zu spät für weitere Katastrophengedanken. Der schönste Rollstuhlschieber der Welt kam aus dem Innenhof des Restaurants auf mich zu und strahlte mich an. »Ich hoffe, du hast ordentlich Hunger!«

Hunger? So wie sich der Knoten in meinem Magen anfühlte,

wäre da nicht mal Platz für eine Mini-Olive, aber ich lächelte tapfer. »Aber hallo!«

»Dann bin ich ja beruhigt«, sagte Fabian. »Es gibt nichts Schlimmeres als Frauen, die den ganzen Abend auf einem Salatblatt herumkauen!«

Diese Bemerkung gefiel mir und der Magenknoten löste sich etwas. »Keine Bange«, kicherte ich. »Du bist heute Abend nicht mit einer Kuh verabredet.«

Wir durchquerten den Innenhof zum Restaurant und ich musterte ihn unauffällig von der Seite. Fabian trug eine schwarze Jeans, ein enges weißes T-Shirt und darüber ein lässiges, grau gestreiftes Sakko. In dieser Kombi sah er ohne jede Frage zum Anbeißen aus.

»Freut mich sehr, Sie heute Abend hier begrüßen zu dürfen, Herr Keilbach!« Der Kellner empfing uns mit Handschlag und ging über einen hochflorigen Teppich zu unserem Tisch voraus.

»Bitte schön.« Er legte uns zwei in Leder gebundene Speisekarten hin. »Zuerst wie immer eine Flasche *Aqua minerale medium*, Herr Keilbach?«

Fabian nickte. »Ja bitte.«

Mein Hirn lief auf Hochtouren. Ich hatte mich zwar schon gewundert, dass mich ein Zivi ins *Casa Vecchia* einlädt, aber nach dieser Begrüßung war mir klar, dass Fabian hier Stammgast sein musste.

Ganz ruhig, Emma. Mach es ihm einfach nach und schau dir die köstlichen Häppchen an. Leichter gedacht als getan. Immer wieder wanderten meine Augen über den Rand der Menükarte zu Fabian hinüber.

Plötzlich sah er auf und unsere Blicke trafen sich »Und? Ist was dabei, was dir gefallen würde?«

Oh ja, ich würde dich glatt so nehmen, wie du bist, dachte ich, aber konzentrierte mich schnell auf die Karte. »Ich, äh …«

»Was hältst du von dem Carpaccio di Manzo?«

Carpaccio di Manzo … Ah, da war es: rohes Rindfleisch auf Dijonmarinade. Oh Gott. Sollte ich wirklich *rohes* Rindfleisch essen?

»Oder ist dir mehr nach *Penne all' arrabiata* mit einem iltalienischen Salat?«

»Das wäre perfekt!«, sagte ich und klappte die Karte zu.

Als Fabian Essen und Wein bestellt hatte, konnte ich meine Neugierde doch nicht mehr in Zaum halten.

»Jetzt erzähl mir mal, wo man als Zivi so viel verdient, dass man hier zum Essen gehen kann.« Ich hielt kurz inne. »Oder bist du etwa einer der unehelichen Kinder von Prinz Albert von Monaco?«

Einen Augenblick sah Fabian mich verdutzt an, dann lachte er so laut, dass sich die Leute an den anderen Tischen schon umdrehten. »Der ist gut!«, kicherte er.

»Man wird ja noch mal fragen dürfen, oder?«

Als der Kellner das Weineinschenkritual über die Bühne gebracht hatte, stießen wir an.

»Auf die *Aktiven Senioren*«, sagte Fabian feierlich. »Und die Stadtratssitzung.«

»Und auf Kathys Volontariat«, sagte ich. »Wenn ich sie nicht vertreten hätte, wären wir uns wohl nie über den Weg gelaufen.« Ich trank einen kleinen Schluck. Köstlich …

»Also, was hat dich zu den Senioren geführt? Immerhin ist Herr Mollenkamp nicht dein Großvater.«

»Ach?« Fabian sah mich grinsend an. »Woher weißt du das?«

Mist! Ich spürte, wie ich knallrot wurde, und senkte meine Nase schnell in das Weinglas. »Weiß ich eben«, brummte ich.

»Herr Mollenkamp ist ein ehemaliger Mitarbeiter unseres Hauses«, begann Fabian. »Ich kenne ihn, seit ich ein kleiner Junge war. Damals nannte ich ihn Onkel Karl und ich besuche ihn auch jetzt noch immer, wo er schon längst in Pension ist.«

»Und an Alzheimer erkrankt ist.«

»Leider. Und da an diesem Abend niemand im Heim Zeit hatte, ihn zu dieser Fünfjahresfeier zu fahren, bin ich eben eingesprungen.«

»Weil er immerhin auch Gründungsmitglied ist«, ergänzte ich. »Du siehst, ich habe meine Hausaufgaben gemacht!«

»Sieht ganz so aus.«

»Und warum warst du bei dieser blöden Stadtratssitzung?«

»Das war an diesem Abend eindeutig das kleinere Übel. Mein Vater wollte unbedingt den Ausgang einer bestimmten Abstimmung wissen und nicht warten, bis er es in der Zeitung lesen konnte. Und da ich sonst an einem Abendessen mit schrecklich langweiligen Kunden hätte teilnehmen müssen, habe ich mich dafür entschieden.« Er sah mir tief in die Augen. »Abgesehen davon: Ich fand die Sitzung ausgesprochen anregend!«

Ich lachte. »Jetzt wo du das so sagst …« Wir stießen erneut an.

»Und was sind das für Kunden, mit denen du sonst hättest essen gehen müssen?« Mir wurde allmählich klar, dass es sich bei dem Geschäft seiner Eltern nicht um ein EDEKA-Lädchen handeln konnte.

»Dir sagt mein Nachname gar nichts, oder?«

Ich schüttelte den Kopf. »Nö, sollte er das?«

Fabian zuckte die Schultern. »Ist auch nicht so wichtig. Wie auch immer: Mein Vater heißt Konrad Keilbach und ist Inhaber des Bankhauses Keilbach.«

Donnerwetter! Da hatte ich mir ausnahmsweise mal eine gute Partie geangelt!

Als wir nach dem fabelhaften Essen endlich aufstanden, hatte ich das Gefühl, komplett unter Strom zu stehen. Meine Beine fühlten sich allerdings an, als wären sie zu Wackelpudding mutiert.

»Wenn du mir jetzt noch verrätst, wo du wohnst, fahre ich dich nach Hause«, sagte Fabian, als er mir, ganz Gentleman, in den Mantel half. »Musst du morgen auch so früh raus?«

»Wenn ich die Schule nicht komplett ignoriere, schon«, gab ich zu und folgte ihm zum Ausgang, wo unser persönlicher Kellner uns die Tür aufhielt.

Draußen war es ziemlich kalt, aber nachdem Fabian seinen Arm um meine Schulter gelegt hatte, wäre ich auch zu einer Nachtwanderung in die Arktis bereit gewesen.

»Cooles Auto«, sagte er viel zu früh und zeigte auf einen schicken schwarzen Chrysler Cruiser.

»Ich finde diese Autos toll«, sagte ich. »Sieht aus, als wäre es einem Gangsterfilm der 30er-Jahre entsprungen!«

Fabian grinste. »Ich sehe schon, wir haben den gleichen Geschmack.«

»Und was hat es mit dieser Zahl auf sich?« Ich deutete auf das Nummernschild, das neben der üblichen Städtebezeichnung ein FK und 07 aufwies. »Bist du etwa im Juli geboren?«

Fabian schüttelte den Kopf. »Das, äh, hat eher was mit meinem Berufswunsch als Kind zu tun ...«, druckste er herum.

Ich sah ihn erstaunt an, denn ich verstand nur Bahnhof.

»Es ist so: Als Kind hatte ich nur einen Berufswunsch. Ich wollte der nächste James Bond werden«, rückte er dann mit der Erklärung heraus. »Und da es auf dem Nummernschild nur zwei Ziffern sein durften und *007* daher nicht möglich war, habe ich mich mit der Abkürzung zufriedengeben müssen.«

Glücklich seufzend stieg ich ein. Der Typ sah nicht nur wahnsinnig gut aus, er war auch noch witzig!

Ich hätte noch ewig mit Fabian durch die Stadt fahren können, aber schon bald bog er in die Friedrichstraße ein und hielt direkt hinter Max' Taxi.

»Da wären wir«, sagte er und schaltete den Motor aus. Er blickte zu mir herüber und im Schein der Straßenbeleuchtung sah ich seine wunderschönen Augen. »Sehen wir uns bald wieder?«

Meinetwegen nehme ich dich gleich mit hoch und lass dich nie wieder los!

»Das, äh, wäre toll«, stotterte ich und hatte das Gefühl, noch nie vorher mit einem tollen Mann in einem Auto gesessen zu sein.

»Hast du morgen Abend schon was vor?«, fragte Fabian und legte seinen Arm erneut um meine Schulter.

Ich schüttelte den Kopf. »Nein, morgen habe ich alle Zeit der Welt!«

»Das hört sich wunderbar an«, hauchte mein Traumprinz und beugte sich zu mir vor. »Das sollten wir ausnutzen, oder?« Dann küsste er mich ganz sanft auf die Lippen und mein Herz hatte einen kurzen Aussetzer. Ich erwiderte seinen Kuss und es dauerte nicht lange, da fanden unsere Zungen zueinander. Zuerst ganz sanft, dann immer leidenschaftlicher. Und was unsere Zungen angefangen hatten, führten unsere Hände fort. Sie streichelten und streichelten, und als Fabian seine warme Hand unter mein Shirt schob, hatte ich Angst, endgültig den Verstand zu verlieren. Irgendwann mussten wir zwangsweise eine Pause zum Atemholen einlegen und meine Gedanken überschlugen sich. Sollte ich ihn doch noch mit hinaufbitten? Den dämlichen Kaffee-Spruch loslassen?

Zum Glück nahm Fabian mir die Entscheidung ab. »Ich würde wahnsinnig gerne bei dir bleiben, aber ich muss morgen sehr früh in der Bank sein«, sagte er leise und fuhr mir dabei mit einem Finger zärtlich übers Gesicht. »Also, bleibt es bei morgen Abend?«

Ich nickte und schon gingen wir in die nächste Knutschrunde.

Es gab Situationen, in denen man Experten zurate ziehen musste: Ärzte, Anwälte oder wie in diesem Fall: die beste Freundin. Ganz egal, ob sie schon geschlafen hatte oder nicht.

»Was?!« Kathy war innerhalb von Sekunden hellwach. »Du warst mit Fabian *Keilbach* aus? Mit *dem* Fabian Keilbach?«

Ich nickte. »Kennst du den etwa?«

»Nur vom Hörensagen. Sonst hätte ich ihn ja erkannt, als er in der Redaktion vor mir stand. Ich werd verrückt… Fabian Keilbach…« Sie konnte es immer noch nicht fassen. »Weißt du, wie viel Kohle die haben müssen?«

Zur Abwechslung schüttelte ich den Kopf. »Keine Ahnung«, sagte ich. »Aber wenn zwischen Kussqualität und Reichtum ein Zusammenhang besteht, muss er im Geld schwimmen.«

Ich ließ mich neben sie aufs Bett rollen und dachte daran, wie wir herumgeknutscht hatten. Am liebsten hätte ich ihm die Klamotten vom Leib gerissen!

»Und warum hast du ihn nicht mit raufgebeten? So wie du aussiehst, drehst du doch jetzt schon vor Sehnsucht am Rad!«

Ich seufzte tief. »Das nächste Mal.«

»Ich werde verrückt«, stöhnte Kathy. »Meine beste Freundin trifft sich mit einer der attraktivsten Partien der Stadt und lässt sie einfach wieder laufen!«

»Aber nur bis morgen«, sagte ich.

Morgen… Im Moment fühlte sich das in etwa so an wie *nächstes Jahr.*

Ich holte tief Luft und hatte sofort den Duft seines Aftershaves wieder in der Nase. »*Eau Sauvage*«, sagte ich leise. »Ich bin mir fast sicher, dass er *Eau Sauvage* verwendet.«

Kathy legte sich neben mich hin. »Wildes Wasser«, übersetzte sie. »Das klingt ja spannend. Wenn der Typ im Bett auch so gestrickt ist, warten gute Zeiten auf dich!«

Ab wann genau gilt man eigentlich als eindeutig unzurechnungsfähig?

Nach einer Nacht voller wirrer Träume und einem Schultag, an dem ich nur körperlich anwesend war, saß ich mit Anso und Kathy in der Küche zusammen und führte ein »Und dann habe ich gesagt und dann hat er gesagt-Gespräch«.

Anso, die hier aufgewachsen war, konnte meiner Story noch jede Menge Details hinzufügen, wobei ich von manchen lieber gar nichts erfahren hätte. Zum Beispiel von der Tatsache, dass Fabian mal eine Affäre mit einem Model namens Yolanda gehabt hatte. Yolanda mit Ypsilon. Aha, daher also seine Bemerkung mit dem Salatblatt. Aber trotz seiner sympathischen Bemerkung vor dem Essen fühlte ich mich plötzlich richtig fett.

»Und warum sind sie nicht mehr zusammen?« Im Gegensatz zu mir wollte Kathy alles ganz genau wissen.

»Angeblich hat sie sich nicht für seine Arbeit interessiert«, sagte Anso. »Und sie hatte wohl immer noch was mit einem ihrer Exmänner laufen. Das erzählt man sich zumindest.«

Schluck! Betriebs- und Volkswirtschaft waren auch nicht gerade mein Steckenpferd und bei Dax, Bulle und Bär dachte ich nicht gleich an Aktienkurse … Und auch wenn ich nichts mehr mit meinem Ex laufen hatte, beschlich mich das dumpfe Gefühl, dass ich gerade in einer völlig falschen Liga spielte. Ich hatte keine Topfigur und schon gar keine Knete!

»Und was steht heute Abend auf dem Programm? Sex?« Anso war wie immer herzerfrischend direkt.

»Wir treffen uns zuerst in der *GoldBar*.«

»Sehr passend bei seinem Beruf«, fand Kathy. »Und dann?«

»Er hat was von einer Überraschung erzählt.«

»Und wie hat er bei dieser Ankündigung geschaut?«, wollte Anso wissen. »Lüstern?«

»Oder eher geil?«, fragte Kathy.

Ich schüttelte den Kopf und überlegte. »Nein, eher verschmitzt, würde ich sagen.«

Diese Antwort schien meinen Freundinnen gar nicht zu schmecken.

»Bist du denn wenigstens gut gerüstet, wenn's zur Sache gehen sollte?« Kathy gab nicht auf.

Gute Frage, obwohl ich die ganze Zeit an nichts anderes denken konnte. Schon bevor es mit Tom zu Ende ging, hatte ich die Pille abgesetzt, weil ich nicht einsah, jederzeit, auch wenn es sehr unregelmäßig war, für die männlichen Geschöpfe dieser Welt verfügbar zu sein. Und das wollte ich nach wie vor nicht, auch wenn meine Hormone im Augenblick nur eins wollten: Fabian rund um die Uhr.

»Ich werde ein paar Gummis einstecken«, sagte ich betont locker. »Für den Fall, dass er nicht daran gedacht hat, und dann sehen wir weiter.«

»In der Kaiserstraße hat eine neue Frauenärztin aufgemacht«, erzählte Anso. »Ute war schon da und sie war sehr angetan.«

Das klang gut. Nicht dass ich bei einem männlichen Arzt Hemmungen hatte, aber ich unterhielt mich in diesem Fall nun mal lieber mit einer Person, die die gleichen Organe hatte wie ich. Überhaupt: männlicher Frauenarzt. Das war ein ähnlich gefloppptes Wort wie Doppelhaushälfte.

»Jetzt lasst mich die Sache doch einfach mal in Ruhe angehen«, sagte ich. Allmählich konnte man den Eindruck gewinnen, ich hätte was mit Prinz Charles laufen und die europäische Währungsstabilität hinge davon ab.

»Ich versuche ganz locker zu bleiben und halte euch auf dem Laufenden. Einverstanden?«

Meine Freundinnen nickten. »Aber wehe, du lässt auch nur die kleinste Kleinigkeit aus!«

Zugegeben, mir war etwas mulmig, als ich gegen acht die *GoldBar* betrat. Auch diese Location entsprach nicht unbedingt den Kneipen, die ich sonst besuchte, und ich kam mir regelrecht schäbig vor, als ich sah, wie die anderen Leute hier gekleidet waren: schick und teuer. Ich suchte gerade Bar und Tische nach Fabian ab, als ich eine bekannte Stimme hörte.

»Na, wie stehen die Aktien heute? Bei mehr oder eher bei weniger?«

Taktlose Oberflächliche Mittelmäßigkeit. Ausgerechnet jetzt …

Ich versuchte so zu tun, als hätte ich ihn nicht gehört, aber so einfach ließ sich mein Ex nicht abschütteln.

»Kann ich dir was zu trinken anbieten?« Frech grinsend stellte er sich mir in den Weg.

Zum Glück sah ich in diesem Moment Fabian auf mich zukommen und entspannte mich. »Tut mir leid, Herzchen, aber ich bin hier mit einem anderen verabredet. Mit einem *Mann.*«

Wunderbar, geht doch, Emma!, jubelte die Stimme in meinem Kopf und ich ließ Tom einfach stehen. Ich drehte mich noch kurz um, damit ich seinen dämlichen Gesichtsausdruck genießen konnte, und im nächsten Augenblick wurde ich ganz ganz fest von Fabian umarmt.

»Glaube mir, ich bin vor Sehnsucht fast verrückt geworden«, sagte Fabian leise.

»Mir ging es nicht anders«, sagte ich und kuschelte mich in seine Arme. Aus den Augenwinkeln sah ich, wie Tom uns regelrecht anglotzte. Recht so! Sollte er ruhig sehen, wie glücklich wir zusammen waren.

»Der Typ da vorne«, sagte Fabian, dem die Szene mit Tom wohl nicht entgangen war, »ist das einer aus deiner WG?«

Ich schüttelte den Kopf. »Eher ein dunkles Kapitel aus meiner Vergangenheit.«

Fabian zog die Augenbrauen hoch. »So? Dann sollten wir das lieber gleich hinter uns lassen. Was hältst du davon, wenn wir heute Abend zusammen aufs Volksfest gehen?«

»Aufs Volksfest?« Das letzte Quäntchen Unsicherheit machte nun endgültig Platz für Begeisterung. »Au ja!«

»Nicht zu glauben, ich habe eine Frau getroffen, die so etwas auch toll findet!« Fabian zog mich zu sich heran und küsste mich und mir war, als würde ich schon einen ersten Looping drehen.

Als wir aus der U-Bahn kamen, war es schon dunkel.

»Früher war es für mich das Allergrößte, einen Abend mit meinem Vater aufs Volksfest zu gehen«, erzählte ich Fabian, als wir auf der *Alten Brücke* stehen blieben und auf die bunten Lichter der Fahrgeschäfte hinunterschauten. »Und ich war schon Tage vorher am Planen, wie ich mein erspartes Geld am besten investieren konnte.«

Fabian lächelte mich an. »Du warst als kleines Mädchen bestimmt hinreißend«, sagte er.

»Wenn du knallrote aufgeschlagene Knie hinreißend findest, war ich bestimmt mit sieben schon dein Typ«, sagte ich.

»Rot?«, fragte mein Traummann. »Vom Blut?«

Ich schüttelte den Kopf. »Mercuchrom«, sagte ich. »Das hat man mir damals immer zum Desinfizieren auf die Schürfwunden gepinselt.«

»Schick«, fand Fabian.

»Und sehr quecksilberhaltig«, sagte ich. »Das Zeug wurde schon längst aus dem Handel gezogen und ich kann nur hoffen, dass es bei mir keine bleibenden Schäden hinterlassen hat.«

»Bisher habe ich in der Richtung noch nichts feststellen können«, grinste Fabian. »Also, wie investieren wir heute unser Geld? Hast du deinen Masterplan bereit?«

»Erst einmal herumgehen«, sagte ich bestimmt. »Dabei Preise vergleichen und den Kreischfaktor der Fahrgäste begutachten. Dann erst wird entschieden!«

Nachdem wir an allen Attraktionen vorbeigebummelt waren, kaufte Fabian eine große Tüte mit gebrannten Mandeln, die noch ganz warm waren.

»Und? Bist du zufrieden mit dem Angebot?«, fragte er, während er mir eine Mandel zwischen die Lippen schob.

»Sehr«, sagte ich kauend. Dann langte ich in die Tüte und fütterte ihn ebenfalls. »Ich glaube, das Kettenkarussell wäre ein guter Einstieg. Was meinst du?«

»Ich frage mich gerade, ob dieses *dunkle Kapitel deiner Vergangenheit* dir schon mal eine Rose geschossen hat?«

Ich kicherte. Tom und Volksfest. Das war eine ähnliche Kombination wie Mutter Teresa auf einem AC/DC-Konzert. »Nein, hat er nicht.«

»Dann müssen wir das auf der Stelle nachholen«, entschied Fabian und zog mich an der Hand zu einer großen Schießbude, die über und über mit Plastikblumen, Spielzeug und Plüschtieren dekoriert war.

»Sterne schießen!«, rief der Besitzer der Bude. »Bei Heinz gibt's für jeden Treffer einen Gewinn!«

»Zehn Schuss, bitte«, sagte Fabian und gab dem Budenbesitzer einen Zwanzigeuroschein.

»Bitte schön der Herr!« Der Mann hinter dem Tresen reichte Fabian ein Luftgewehr. »Dann zeigen Sie der Dame mal, was Sie können!«

Fabian zwinkerte mir zu, legte das Gewehr an und schoss auf die sich bewegenden Metallsterne. Die ersten Schüsse gingen voll daneben, aber dann traf er. Insgesamt achtmal.

Ich klatschte begeistert in die Hände. »Wow!«

Nach dem letzten Schuss zählte Heinz die Punkte und streckte den Daumen hoch. »Da haben Sie sich aber senkrecht in die großen Preise geschossen!«

Er nahm das Gewehr von Fabian entgegen und öffnete eine Tür an der Seite. »Bin gleich wieder da!«

»Oh, jetzt bist du immer noch ohne Rose«, sagte Fabian.

»Das macht doch nichts«, kicherte ich. »Bestimmt hast du etwas völlig Schräges gewonnen. Wetten?«

Fabian versenkte seine Nase in meinen Haaren. »Und du bist auch ganz bestimmt nicht enttäuscht?«

»Ganz sicher nicht«, sagte ich. »Achtung, Heinz kommt!«

Der Schießbudenbesitzer hob Fabians Gewinn, einen riesigen grellrosa Plüschhasen, vorsichtig über den Tresen. »Dann wünsche ich euch viel Spaß beim gemeinsamen Kuscheln«, sagte er, um sofort wieder mit seinem Schrei »Sterne schießen! Bei Heinz gibt's für jeden Treffer einen Gewinn!« neue Kunden anzulocken.

»Irgendwie sieht er aus, als würde er Klaus-Dieter heißen«, sagte ich und zog unseren neuen Schützling an seinem plüschigen linken Schlappohr.

»So heißt mein Onkel«, grinste Fabian. »Der hat zwar eine andere Ohrform, aber wenn er sich aufregt, und das tut er regelmäßig, kriegt er eine ähnliche Gesichtsfarbe.«

Und so kam es, dass wir den restlichen Abend zu dritt verbrachten: Klaus-Dieter, Fabian und ich.

Nach einer Runde Hand-in-Hand-Karussell und einmal *Blue Haway*, bei denen wir Klaus-Dieter in der Obhut des jeweiligen Kartenverkäufers zurückließen, waren wir uns einig: höchste Zeit für Pommes rot-weiß. Aber kaum hatten wir die köstlich-fettige

Doppelportion vor uns auf einem Bistrotischchen stehen, verdrehte Fabian die Augen.

»Konzentriere dich bitte ganz auf das Essen vor uns«, sagte er leise, während er den Kragen seiner Jacke aufstellte. »Vielleicht geht dann der Kelch an uns vorü…« Weiter kam er nicht, denn eine Horde Frauen kam auf unseren Tisch zugestürzt. Und obwohl sie alle reichlich albern verkleidet waren, war nicht zu übersehen, dass eine hübscher als die andere war.

»Mensch! *Faaabi!*«, kreischte eine Rothaarige, die ihre Jeans in der Größe 36 wahrscheinlich bis unter die Achseln hochziehen konnte. »Ist ja *supi-toll*, dass du wieder da bist! Wo hast *du* denn die ganze Zeit gesteckt?«

Sie stellte sich direkt vor Fabian hin und streckte ihm ihren wohlgeformten Busen entgegen. Auf dem T-Shirt, das sie trug, war eine Frau abgebildet, die einen Mann, der auf allen vieren vor ihr kroch, an der Hundeleine hielt. *Let's get married* stand darunter. »Stell dir vor, ich heirate nächste Woche!«

Das war etwas, das ich mir gerne vorstellte, aber ich hatte die Rechnung ohne die restlichen Schnepfen gemacht. Eine von ihnen, eine Blonde mit langen Locken, hakte sich bei Fabian ein.

»Ich habe ganz oft bei dir versucht anzurufen, aber du warst einfach verschwunden!«

Allmählich interessierte es mich auch, wo er die ganze Zeit gesteckt hatte.

»Ich war in Brüssel«, sagte Fabian, während er ein langes, besonders knuspriges Kartoffelstäbchen durch die Mayo zog und mir anschließend in den Mund schob. »Lecker, oder?«

Ich nickte: »Köstlich…« Mit einem Auge beobachtete ich die Tussi neben ihm und mir wurde klar, dass es in Fabians Welt wohl viele solcher Frauen gab. Nun ja, schließlich war ich auch keine Jungfrau mehr. Alles easy, Emma!

»Also, du musst unbedingt bei unserer Versteigerung mitmachen, Fabi«, drängte sich die heiratende Rote wieder in den Vordergrund und stellte eine große Flasche Sekt auf unseren Tisch. »Wer mir den längsten Kuss gibt, hat sie gewonnen!« Schob mich einfach zur Seite und stellte sich mit spitzen Lippen erwartungsvoll vor Fabian hin.

Da stand ich nun abseits mit Klaus-Dieter im Arm und beobachtete, wie sechs bildhübsche Weiber meine neue Liebe anbaggerten. Das hier war kein Fall von mehr von *Zähne zusammenbeißen und an was Schönes denken*, sondern schon eher ein *Jetzt macht euch vom Acker, sonst gibt's Leichen*!

Fabian beugte sich nun zu der Braut vor und gab ihr ein blitzschnelles Küsschen auf die rechte Wange.

»Oooh«, schmollte sie. »*So* gewinnst du den Sekt niemals!«

»Ich habe auch gar nicht behauptet, dass ich das wollte«, sagte Fabian und zwinkerte mir zu.

»Hast du übrigens schon die neuesten News gehört?«, flötete die Blonde, während sie weiter mit Fabian auf Tuchfühlung ging. »Yolanda ist in der Stadt …«

Oh Gott, hieß dieses Model, mit dem er mal zusammen gewesen war, nicht so? Yolanda mit Y?

»Und *Yolli* sieht supi aus!« Bei allem, was sie sagte, beobachtete mich Blondlocke aus dem Augenwinkel und mir wurde ganz schlecht. Aber ich beschloss, eher zu sterben, als mir auch nur das Geringste anmerken zu lassen.

Dafür beobachtete ich wiederum, wie Fabian diese *Supi*-Nachrichten auffasste, aber auch er ließ sich nichts anmerken. Wenn man davon absah, dass er die fettige Papierserviette in viele kleine Schnipselchen zerrupfte.

»So?«, tat er unbeteiligt. »Das ist aber schön für euch.«

»Elena hat erzählt, dass sie sich endgültig von Alan getrennt hat«, legte die Rothaarige nach. Dann guckte sie über die Schulter und sah eine Schwarzhaarige mit Ponyfrisur an. »War doch so, oder?«

Nun mischte auch Elena sich in das Gespräch ein. »Ja, das hat sie mir gleich gesagt. Und dass sie hier für Modeaufnahmen ist und –«

»Mädels, das ist mir wirklich völlig egal«, sagte Fabian. »Selbst wenn sie hier ist, um sich von Eisbären zerfleischen zu lassen. Sie kann tun und lassen, was sie will. Schließlich ist sie alt genug.«

Die letzten Sätze riefen unterschiedliche Reaktionen hervor: Während ich wieder normal durchatmen konnte, sahen die Schnepfen richtig enttäuscht drein. Sie schwiegen sogar für kurze Zeit.

»Jetzt musst du dich aber unbedingt noch zusammen mit uns fotografieren lassen!«, rief schließlich die Blonde, die anscheinend noch lange nicht genug hatte von Fabian. Sie schnappte sich einen Passanten und hielt ihm ihre Digitalkamera hin. »Wären Sie mal so freundlich?« Dann zerrte die Mädelclique Fabian in ihre Mitte und hängte sich wie die Kletten an ihn dran.

Gefühlte fünf Stunden später zogen sie endlich weiter.

»Sorry, das war Jennifer mit ihren Freundinnen«, klärte mich Fabian auf. »Die können tierisch nerven, aber ich hoffe, wir sind sie jetzt los.«

So, so. Tierisch nerven. Etwa, weil sie dich täglich anruft? Weil sie dir gerne an die Wäsche gehen möchte? Und was ist mit dieser Yolanda? Die Stimme in meinem Kopf spulte nun bänderweise Fragen dieser Art ab.

»Du scheinst bei den Frauen jedenfalls mächtig beliebt zu sein«, sagte ich zaghaft. »Und was ist mit dieser Yolanda? Warst du mal mit der zusammen?«

Fabian holte tief Luft. »Das war nur mal so ein Techtelmechtel«, sagte er dann. »Nichts Besonderes und längst vorbei.«

Aha. Da konnte ich nur hoffen, dass das auch wirklich stimmte.

»Und was hast du in Brüssel gemacht?«, wechselte ich das Thema. »Pommes gegessen? Die sind dort angeblich genial!«

Fabian lachte. »Nein, ich habe dort im Sommersemester ein Bankpraktikum gemacht«, sagte er. »Und das war so stressig, dass ich zu solch kulinarischen Genüssen kaum gekommen bin.« Er tupfte den letzten Rest Ketchup mit einem Finger aus der Schale. »So, jetzt bin ich aber satt. Wie wäre es mit einer Runde Geisterbahn?«

Ich schüttelte den Kopf. Geister, wenn auch nur aus Fabians Vergangenheit, hatte ich heute genug gehabt. »Ich weiß was viel Besseres«, sagte ich und zeigte auf das Riesenrad. »Hast du Lust?«

Kurz darauf drehten wir unsere Runden und hatten von oben einen wunderbaren Blick auf die Stadt. Aber schon bald wurde Klaus-Dieter auf die uns gegenüberliegende Bank gesetzt und wir hatten nur noch Augen für uns. Augen, Zungen, Hände …

Und was steht heute Abend auf dem Programm? Sex?, hörte ich Ansos Frage wieder in meinem Kopf. Mein ganzer Körper beantwortete diese Frage mit: *Ja! Sex bis zum Abwinken und dann noch eine Runde!*

Aber mein Kopf war da ganz anderer Meinung: *Du kennst ihn doch gar nicht weiter!*, rief der. *Und wer weiß, was er noch so alles laufen hat mit diesen Grazien von vorhin? Vielleicht bist du nur so eine Übergangslösung und sitzt nächste Woche weinend an deinem Schreibtisch, weil er diese Jennifer doch nicht ganz so nervig fand. Ganz abgesehen von Yolli, die ihren Alan angeblich endgültig in die Walachei geschickt hat.*

»Emma?«, fragte Fabian. »Ist alles okay bei dir?« Er sah mir tief in die Augen.

Schlafe ich mit ihm oder noch nicht?

»Mehr als das«, sagte ich und kuschelte mich an seine Schulter. »Ich könnte so stundenlang im Kreis schweben.«

Fabian lachte leise. »Die ganze Nacht?«

»Vielleicht nicht die ganze Nacht, aber einige Stunden.«

Schlafe ich mit ihm oder noch nicht?

Fabian fuhr mir sanft mit der Hand durchs Haar. »Ich könnte mir aber auch noch ganz andere Sachen vorstellen ...«

»Ja?«

»Mmmm ...« Er drehte sich zu mir und hauchte mir einen Kuss auf die Nase, auf die Augen und dann auf den Mund. »Es gäbe da noch eine ganze Menge Stellen, die man zuerst nur ganz sanft ...« Er küsste meinen Hals. »... und später etwas ...«

Ich zog ihn zu mir her und küsste ihn so leidenschaftlich, dass der Rest dieses Satzes unterging.

Oh ja, ich würde mit ihm schlafen. Und zwar gleich heute Nacht!

Wir schafften es, uns bis zu Fabians Wohnungstür nur zu küssen. Wobei »nur« eine Definitionssache war, denn es waren Küsse, die meinen ganzen Körper in Aufruhr versetzten. Küsse, die von Sekunde zu Sekunde Lust auf mehr machten. Auf sehr viel mehr. Damit fingen wir dann auch sofort an, als wir die Wohnungstür hinter uns geschlossen hatten. Bisher war ich der Meinung, dass solche Szenen nur in drittklassigen Kinofilmen vorkamen, aber ich hatte mich getäuscht: Fabian und ich schafften es tatsächlich, sofort mit dem gegenseitigen Ausziehen zu beginnen, hinterließen im Flur eine lange Klamottenspur und landeten nackt auf seinem großen Doppelbett.

Keine Ahnung, ob es an seinen vielen Praktika lag: Fabian Keilbach wusste nicht nur, wie die europäischen Finanzmärkte funktionierten, er wusste auch, was Frauen glücklich machte, und beförderte einen gewissen Tom mit Karacho zurück in die Anfängerecke.

Ich war mir sicher gewesen, dass dieser Mann zwei Hände hatte, aber als er anfing mich zu streicheln, hätte ich schwören können, mindestens vier Hände zu spüren. Sie berührten mich überall und es dauerte nicht lange, da konnte ich nicht mehr denken, nur noch fühlen. Wir streichelten uns, bis ich befürchtete, vor lauter Lust den Verstand zu verlieren, und als Fabian endlich in mich eindrang, explodierte ich förmlich.

»Weißt du, dass du wunderschön bist«, sagte er, als wir nach der ersten Runde verschwitzt in den Kissen lagen. »Ich kriege gar nicht genug von dir!« Er fuhr mit seiner linken Hand über meinen Bauch hinauf zu meiner linken Brust und ich rollte mich zu ihm hinüber.

»Und weißt du, dass du einen superhübschen hinreißenden …« *Knackarsch hast*, wollte ich sagen, als es Sturm klingelte. Oh Gott, in Gedanken sah ich schon eine ganze Gruppe Monis, Jennifers, Yollis und wie sie sonst noch alle hießen auf der Matte stehen, weil sie sich alle *supi-toll* freuten, dass der süße Fabian wieder da war.

»Ich schau mal nach.« Fabian zog einen grau-weiß gestreiften Kimono über und ging zur Haustür. Kurz darauf guckte er um die Ecke der Schlafzimmertür.

»Das war der Taxifahrer von vorhin«, grinste er. »Wir hatten im Wagen was liegen lassen …« Er hielt Klaus-Dieter an beiden Ohren hoch. »Angeblich saß er weinend auf der Rückbank!«

Leider konnten wir nicht allzu viel Rücksicht auf Klaus-Dieters Tränen nehmen. Schließlich hatten wir anderes auf dem Programm stehen, und als wir gegen zwei erneut aus den zerknüllten Laken auftauchten, hatten wir vor allem eins: Appetit. Diesmal zur Abwechslung auf etwas aus dem Kühlschrank.

»Magst du einen meiner Kimonos haben?«, fragte Fabian. »Ich hab da mittlerweile eine ganze Kollektion. Immer wenn meine Mutter meinen Vater nach Tokio begleitet, bringt sie mir einen mit.«

An der Anzahl der Teile, die er im Schrank hängen hatte, ließ sich ablesen, dass Mutter Keilbach oft mit dem Gatten unterwegs war. Ich entschied mich für ein dunkelrotes Exemplar und folgte Fabian in die Küche.

Mein Liebster machte ein paar Lampen an und zum ersten Mal sah ich, wo ich gelandet war: in einem riesigen Loft!

»Nicht schlecht«, sagte ich, während ich mich umsah. »Wohnst du hier ganz alleine?«

Fabian schüttelte den Kopf. »Mit Lanzelot zusammen.« Er sah dabei auf eine alte Bahnhofsuhr, die im Flur an der Wand hing. »Eigentlich müsste der längst wach sein.«

In diesem Moment hörte ich ein lang gezogenes Quietschen, als würde eine alte Tür langsam geöffnet.

»Ah, er fängt soeben mit dem Sportprogramm an.« Fabian nahm mich bei der Hand und ging mit mir in den Teil des Lofts, der als Wohnzimmer diente. »Darf ich vorstellen? Sir Lanzelot!«

Ich traute meinen Augen kaum: In einer Ecke stand ein gigantischer Käfig, in dessen Mitte eine kunstvoll aus Stein und Holz gebastelte Burg stand. »Camelot« war in geschwungenen Lettern über dem Eingangstor zu lesen. Neben der Burg, die mit allen Schikanen wie Zugbrücke, Zinnen und Fähnchen ausgestattet war, stand ein Laufrad, in dem ein kleiner hellbrauner Hamster saß und uns interessiert ansah.

»Oh, ist der süß!«, rief ich. »Als ich klein war, hatte ich auch mal einen Hamster, aber der hat sich irgendwann davongemacht.«

»Hat Sir Lanzelot auch schon mal probiert, aber ich war schneller«, grinste Fabian. »Aber so scheint es ihm wirklich gut zu gefallen.«

»Und wer hat die ganzen Maurer- und Laubsägearbeiten gemacht?«, fragte ich neugierig.

»Der Hausherr persönlich«, sagte Fabian. Er machte blitzschnell seinen Kimono auf, zog mich zu sich heran und wickelte mich ein. »Alle anderen Einzelheiten zu diesem Wunderwerk der Baukunst erzähle ich dir gerne mal ausführlich«, flüsterte er mir ins Ohr.

»Aber wenn ich nicht auf der Stelle deine Samthaut spüre, könnte es sein, dass ich wahnsinnig werde. Und das möchtest du doch nicht, oder?«

Ich wollte noch anmerken, dass mir der Verstand bereits im Kettenkarussell davongeflogen war, aber ich schüttelte lediglich den Kopf. Fabian küsste mich leidenschaftlich, und bevor ich auch nur bis drei zählen konnte, lag ich mit dem süßesten Bankier der Welt wieder im Bett.